SÊR Y NOS

Martyn Geraint

Gomer

Cyhoeddwyd gyntaf yn 2011 gan
Wasg Gomer, Llandysul, Ceredigion, SA44 4JL.
www.gomer.co.uk

ISBN 978 1 84851 246 7

Noddwyd gan Lywodraeth Cynulliad Cymru.

Argraffwyd a rhwymwyd yng Nghymru gan
Wasg Gomer, Llandysul, Ceredigion.

1

Y Gwenwyn

'Sêr y Nos, mae gennych chi gig yng Nghaernarfon nos Wener nesa,' meddai'r llais dros yr uchelseinydd.

'O na! Ni newydd fod lan 'na. Oes rhaid i ni fynd, BB?'

'Oes, Belinda, mae gen i waith i chi yno.'

'Gwaith?! Be . . . y gig?' holodd Belinda Sara.

'Mae'n siŵr bod 'na waith ychwanegol i ni hefyd yn yr ardal,' meddai Alffi, oedd yn dechrau deall sut oedd BB yn gweithredu.

Swyddfa uwchben siop sglodion yng nghanol Rhydfelen oedd cartref Sêr y Nos. Roedd BB, rheolwr rhyfeddol y band, wedi llogi'r swyddfa yma'n arbennig ar gyfer y band gan fod angen lleoliad canolog arnyn nhw. Byth ers i Sêr y Nos gael ei sefydlu ychydig dros flwyddyn yn ôl, doedd y pedwar aelod – sef Belinda Sara, pianydd a chantores, Alffi'r gitarydd, Gwion

Rhys Davies y gitarydd bâs ac Elen Efail Evans – erioed wedi cwrdd â BB. Cael eu denu i fod yn aelodau o'r band drwy hysbyseb wnaethon nhw. Roedd yr hysbyseb wreiddiol, yn chwilio am bobl ifanc i fod mewn grŵp pop arbennig iawn, wedi ymddangos yng nghylchgrawn Ysgol Gyfun Rhydfelen ychydig wythnosau cyn iddyn nhw sefyll eu harholiadau TGAU dro yn ôl. Roedd pawb yn yr ysgol yn gyffro i gyd o weld y poster, a phawb yn dyheu am gael bod yn aelod o fand go iawn. O leiaf byddai gyda nhw rywbeth i edrych ymlaen ato ar ôl sefyll yr arholiadau diflas.

Ond, wedi cyfres o glyweliadau, cyfweliadau ac ymweliadau â mannau gwahanol ar hyd a lled Cymru'n cyflawni gwahanol dasgau, y pedwar ohonyn nhw gafodd eu dewis i ffurfio'r band, er nad oedden nhw i gyd yn ffrindiau agos cyn hynny. Ac roedden nhw ar ben eu digon, yn cael perfformio a chwarae eu hofferynnau gwahanol i sain y caneuon diweddaraf, a diddanu cynulleidfaoedd ar hyd a lled y wlad. Roedd y ffaith fod eu CD cyntaf o Stiwdio Bocs 50, sef 'Noson y Sêr', newydd gyrraedd y swyddfa wedi rhoi hwb pellach iddyn nhw. Dyma brawf eu bod yn fand roc go iawn! Roedd Sêr y Nos ar eu ffordd i fod yn enwog!

Serch hynny, buan y sylweddolodd y pedwar fod mwy i Sêr y Nos na pherfformio fel band ar lwyfannau Cymru. Ffion Harri oedd y cyswllt rhwng BB a Sêr y Nos. Doedd neb yn medru deall sut y cafodd hi ei dewis i wneud y swydd honno, gan ei bod hi mor chwit-chwat. Menyw fach fer tua 30 oed oedd Ffion, gyda gwallt byr, tywyll oedd yn dechrau britho. Rhyw glwtyn llawr o gymeriad oedd hi, heb fod yn llwyddiannus iawn yn ei bywyd hyd yma. Ond roedd hi'n awyddus iawn i sicrhau y byddai'r swydd newydd hon gyda'r band yn newid y sefyllfa honno'n gyfan gwbl.

Rhaid cyfaddef, roedd hi wedi llwyddo hyd yn hyn. Chwarae teg iddi, roedd popeth yn ei le erbyn eu gíg cyntaf yn yr Eisteddfod Genedlaethol. Yn naturiol, roedd hwnnw'n gyfnod pryderus iawn i bawb. Roedd cael perfformio yn yr Eisteddfod yn gyfle da i ddweud wrth y genedl fod yna fand newydd, cyffrous ac arbennig wedi cyrraedd y Sîn Roc Gymraeg. Ac nid yn unig eu cerddoriaeth oedd yn arbennig, chwaith. Roedd Belinda Sara, Alffi, Gwion ac Elen wedi'u dewis gan BB ar gyfer rhywbeth llawn mor bwysig â'r *groove* – roedd y pedwar ifanc, yn ôl pob sôn, yn mynd i helpu BB i ddod â threfn yn ôl i'r wlad!

'Felly, ydych chi wedi dyfalu pa waith sydd o'ch blaenau yn y gogledd?' holodd BB i'r criw.

'Na, ddim eto. Beth allai'r gwaith hwnnw fod?' dechreuodd Belinda Sara bendroni.

'Llofruddiaeth?' mentrodd Alffi.

'Paid â siarad dwli!'

Edrychodd Ffion yn syn i gyfeiriad yr uchelseinydd.

'Dw i'n gwybod!' ebychodd Gwion, cŵl dŵd go iawn y band. 'Ai rhywbeth i wneud â'r salwch yn y caffi newydd ar ben yr Wyddfa sydd gyda chi mewn golwg, BB?'

Roedd popeth yn dawel am ychydig, yna daeth ymateb.

'Ti'n iawn, Gwion,' atebodd y llais cadarn o'r gofod uwch eu pennau. 'Er dw i ddim yn meddwl y dylet ti alw Canolfan Ymwelwyr Hafod Eryri yn gaffi, chwaith!' Edrychodd y pump ar ei gilydd.

Trwy un o'i gysylltiadau arbennig yng ngogledd Cymru y clywodd BB am yr helynt. Roedd gan BB nifer helaeth o gysylltiadau drwy Gymru gyfan, ac ymhellach i ffwrdd hefyd. Roedd yr holl wybodaeth a gyrhaeddai ei bencadlys dirgel yn ddefnyddiol tu hwnt i'w helpu i benderfynu ble i fynd nesa â'i ymgyrch i 'gynorthwyo'r' heddlu. BB ei hun oedd yn penderfynu ar yr achosion pwysig. BB hefyd fyddai'n sylwi ar y manylion bach yna sy'n medru gwneud i achos anodd tu hwnt droi i fod yn symlach i'w ddatrys nag un o gwestiynau cystadlaethau 'Planed Plant'!

'Y gwir yw,' aeth BB yn ei flaen, 'fe welais i rywbeth od ar we-gamera Hafod Eryri yng nghanol nos neithiwr. Dyna pam dw i wedi trefnu'r gig yma i chi yn Galeri, Caernarfon. Mae angen i chi fod yn yr ardal nos Wener nesa. Maen nhw'n amau mai gwenwyn sydd wrth wraidd yr holl salwch yno, ac mae'n ymddangos hefyd mai nos Wener yw hoff noson pwy bynnag sy'n gyfrifol am y gwenwyno!'

'Ond mae Belinda'n iawn, BB. Dim ond newydd fod yn Ysgol Syr Hugh Owen a Brynrefail 'yn ni!'

Edrychodd Belinda'n gegrwth ar Elen. Rhaid mai dyma'r tro cyntaf erioed iddi glywed Elen yn cytuno â hi! Doedd y ddwy erioed wedi bod yn agos, ond roedd bod yn aelodau o'r un band am ddeng mis wedi dangos i'r ddwy nad oedd y naill na'r llall mor wael â hynny!

'Elen! Elen!' meddai'r llais pwyllog uwch eu pennau. 'Roedd yr ymateb mor dda yn y ddwy ysgol, dw i'n siŵr y gallech chi ganu yng Nghaernarfon bob wythnos tan Dolig, ac fe fyddai'r lle'n llawn bob tro! Nawr, peidiwch â phoeni am hynny – mae angen ymarfer arnoch chi. Ymarfer ar gyfer y gig . . . ac ymarfer ar gyfer eich gwaith ychwanegol.'

'Peidiwch â phoeni o gwbl, Syr, fe wna i sicrhau hynny,' meddai Ffion Harri'n awdurdodol gan ymbalfalu am ei dyddiadur.

'Ond eisie bod mewn grŵp pop o'n i, BB,' dechreuodd Alffi gwyno eto, 'nid bod yn dditectif! Pam na all yr heddlu ddal pwy bynnag sy'n gyfrifol am y gwenwyno?'

'Alffi bach, mae'r heddlu'n rhy brysur yn llenwi ffurflenni,' eglurodd BB'n ogleisiol. 'Sdim amser 'da nhw i fynd i gopa'r Wyddfa yng nghanol y nos i ddal dynion drwg, 'chan – ddim pan mae 'na swyddfa gynnes a chysurus, a digon o de i foddi llong danfor i gael!'

Doedd dim modd dadlau â BB. Fel cyn-blismon, teimlai'n gryf iawn taw dal dynion a merched drwg oedd gwaith yr heddlu i fod, nid gwneud gwaith papur o fore gwyn tan nos!

'Ti'n iawn fan'na,' cytunodd Gwion. 'Mae Dad yn dweud 'i fod e'n gorfod gwneud tair awr o waith papur am bob deng munud mae'n gweithio allan ar y stryd yn gwneud beth mae e'n ei fwynhau.'

'Wel, dyna pam ry'ch chi 'ma! Dw i'n gobeithio y gwnewch chi fwynhau'r antur hon. Ond mae'n rhaid i chi fod yn ofalus. Mae'r gwaith hwn yn gyfrinachol . . . Alffi, wyt ti'n gwrando?'

Tawelwch.

Yna, daeth ateb o'r diwedd.

'Ydw!'

'Mae bod mewn band, heb ddiddordebau eraill, wedi arwain nifer o bobl i drwbwl dros y blynyddoedd. Felly, mwynha'r gigio, ond paid ag anwybyddu'r cyfle unigryw yma. Mae'r sefyllfa'n rhy bwysig i'w hanwybyddu. Ffion! Gwna'n siŵr bod popeth yn barod ar gyfer Galeri, Caernarfon, nos Wener nesa.'

2

Gwaith Ymchwil

Bu'r wythnos ganlynol yn gyfnod hynod o brysur i bawb. Roedd yr amser mor brin! Rhwng ymarfer ar gyfer gig arall, trefnu cyhoeddus-rwydd, a gwneud yn siŵr fod popeth arall yn ei le ar gyfer y digwyddiad, doedd dim munud i'w sbario gan neb. Alffi a Belinda, gydag ychydig o help gan Ffion Harri, oedd wedi trefnu ochr dechnegol y gig, yn cynnwys y goleuadau, y system sain, yr offerynnau ac ati, tra oedd Elen a Gwion yn gwneud ychydig o waith ymchwil i'r digwyddiadau amheus diweddar ar ben mynydd uchaf Cymru.

Ers i Hafod Eryri ailagor ar ôl y gaeaf rhyw dair wythnos ynghynt, roedd straeon am bobl yn cwyno am fod yn sâl wedi bod yn frith yn ardal Eryri. Roedd yr awdurdodau wedi bod yn cynnal profion ar wahanol fwydydd yno, ar y dŵr o'r tapiau a'r system awyru, ond hyd yn hyn roedden nhw wedi methu dod at wraidd y broblem. Doedd gan neb unrhyw syniad beth oedd yn achosi'r salwch. O ganlyniad, feirws o ryw fath oedd yn cael y bai. Ond, er gwaethaf glanhau trylwyr a diheintio'r adeilad i gyd, roedd y feirws yn parhau.

Wrth gwrs, doedd pawb oedd yn ymweld â chopa'r Wyddfa ddim yn cael eu taro'n sâl. Roedd rhai'n dod i lawr oddi yno'n gwbl iach. Hyd y gallai Gwion a Belinda weld, roedd un ffactor eithaf amlwg yn effeithio ar y sefyllfa. Am ryw reswm, roedd pethau'n waeth ar ddiwrnodau poeth. Ac o sylwi ar yr ystadegau, y cerddwyr oedd yn dioddef waethaf. Roedd y rhai oedd yn cyrraedd y copa ar y trên bach fel arfer yn iawn.

O ganlyniad, roedd arbrofion gwyddonol wedi'u cynnal yr holl ffordd i fyny'r mynydd, o bob cyfeiriad, yn cynnwys arbrofion ar ansawdd yr awyr, y dŵr a'r planhigion unigryw sy'n tyfu ar yr Wyddfa. Ond heb lwc o hyd.

Felly, roedd y dasg oedd yn wynebu BB, Elen a Gwion yn mynd i fod yn hynod o anodd. Wrth gwrs, roedd gan Gwion fantais dros Elen, gan fod ei dad yn blismon. Yn wir, roedd cryn dipyn o ôl dylanwad ei dad i'w weld ar Gwion. Roedd

Hywel Rhys Davies wedi bod yn hyfforddi'i fab ers blynyddoedd trwy roi 'tips' bach iddo tra oedd e'n gwneud ei waith cartref. Gwion Rhys Davies oedd â'r prosiectau gorau yn Ysgol Rhydfelen ac yn Ysgol Penllwyn cyn hynny, a hynny cyn dyddiau'r we, y rhyngrwyd a Google! Ac roedd medru ymchwilio drwy ddefnyddio llyfrau, gwyddoniadur a thipyn bach o synnwyr cyffredin yn werthfawr tu hwnt erbyn hyn. Wrth bori drwy'r holl wybodaeth, cafodd Gwion syniad.

'Diod!'

'Beth?'

'Diod!'

'Na, dim diolch,' meddai Elen. 'Dw i newydd gael Coke!'

'Do'n i ddim yn cynnig diod i ti,' meddai Gwion.

'Hy! Diolch yn fawr iawn!'

'Rhyw fath o ddiod sydd ar fai!'

'Be ti'n feddwl?' holodd Elen mewn penbleth. 'Mae'r heddlu a'r gwyddonwyr wedi dweud taw nid yn y dŵr mae'r broblem.'

'Nid yn y dŵr tap, dyna wedon nhw,' eglurodd Gwion â llygedyn o sbarc yn ei lygaid, oedd yn awgrymu i Elen ei fod wedi llwyddo i feddwl am ateb nad oedd neb arall wedi'i ystyried hyd yn hyn. 'Ond . . . dyw pob diod yn y caffi . . . ddim yn cynnwys dŵr tap . . . na'dy?!'

'Na'dy! Ti'n iawn! Ond sut wyt ti'n gwybod taw'r diodydd sydd ar fai?'

'Pryd mae'r achosion ar eu gwaetha?'

'Ar ddiwrnodau poeth.'

'A phwy sy'n diodde fwya?'

'Y cerddwyr . . .'

'Yn union! A taset ti'n cerdded i gopa'r Wyddfa ar ddiwrnod poeth, beth faset ti eisiau yn fwy na dim?'

'Diod oer!' meddai Elen gan ymfalchïo yn y ffaith ei bod hi wedi dilyn trywydd meddwl Gwion.

Roedd Gwion yn hollol gywir, wrth gwrs – y cerddwyr oedd â'r syched fwyaf erbyn cyrraedd y copa. Ond roedd y cerddwyr hefyd yn dueddol o gario popeth gyda nhw, yn cynnwys bwyd a diod, er mwyn arbed arian ac er mwyn gwneud y daith i lawr yn haws gyda llai o bwysau yn eu paciau. Ond, er yr holl baratoi gofalus, doedd dim llawer o gerddwyr yn medru cario oergell ar eu cefnau i gadw'u diodydd yn oer! Felly, ar ddiwrnod poeth, mi fuasai'r rhan fwyaf ohonyn nhw'n twrio yng ngwaelodion eu pocedi am geiniogau prin i brynu diod hir, oer, o oergell y caffi.

'Da iawn, Gwion,' meddai BB gan ddechrau cyffroi. 'Gwaith gwych! Do'n i ddim yn meddwl y buaset ti'n medru curo'r arbenigwyr!'

'Ond beth nesa?' holodd Elen.

'Wel, nawr mae angen gwybod pa ddiodydd, o'r holl ddewis sy 'na yn y caffi, sy'n achosi'r broblem.'

'O edrych ar y fwydlen, BB, mae rhyw ugain math o ddiodydd oer ar gael yno, am wn i,' cynigiodd Elen.

'Wyt ti wedi bod yno?' holodd BB.

'Naddo! Mae'r fwydlen ar y we, BB. Felly, mater o nodi faint o bob un sy 'di cael eu gwerthu sydd angen. Gysyllta i â nhw nawr.'

'Da iawn, Elen! Gobeithio bod Alffi a Belinda'n cael cystal hwyl arni â chi'ch dau.'

3

Trefnu

Doedd dim angen poeni am Alffi a Belinda. Roedd y ddau'n gerddorion arbennig ac yn drefnus dros ben. Felly, doedd dim yn mynd i'w rhwystro nhw rhag paratoi gig arbennig iawn ar gyfer Sêr y Nos. Roedd diddordeb Alffi mewn cerddoriaeth wedi dechrau'n gynnar iawn. Gwersi piano oedd dechrau'r cyfan pan oedd e'n saith oed, ond erbyn hyn roedd y *scales* a'r *arpeggios* wedi'u trawsnewid yn riffs a rocio.

Digon tebyg oedd hanes Belinda, er iddi hi barhau ychydig yn hirach â'i gwersi a'i harholiadau diflas. Doedd dim yn well ganddi nag atgoffa aelodau eraill y grŵp ei bod wedi llwyddo yn yr arholiad Gradd 8 ychydig cyn y Pasg, er nad oedd hi am gyfaddef wrth neb mai marc yn unig oedd ynddi!

Alffi, gyda'i wallt cyrliog, coch, oedd yn trefnu ochr dechnegol y gig – yr offerynnau, y sain, y sioe olau a'r wal fideo. Alffi, felly, oedd yn gyfrifol am ddrymiau Elen, allweddellau Belinda, hen gitâr fas Gwion a'r saith gitâr o'i eiddo ef ei hun. Roedd e am fynd â phob un o'r gitarau i'r gig gan fod pob un yn gwneud synau hollol wahanol. Fe oedd yn trefnu'r fan hefyd!

Ond nid yn unig roedd yn rhaid iddo sicrhau bod popeth yn ffitio i mewn i'r fan, roedd yn rhaid trefnu rhywun oedd yn ddigon hen i'w gyrru. Doedd trwydded yrru'n unig ddim yn gwneud y tro, gan fod rhaid bod yn 25 oed i yrru fan oedd wedi'i llogi. Teimlai Alffi'n rhwystredig iawn ynglŷn â hyn. Roedd e newydd basio'i brawf gyrru, ond doedd dim modd iddo adio wyth mlynedd at ei oedran dros nos. Felly Matt Brown, un o'i ffrindiau o'r un stryd ag ef, oedd fel arfer yn gyrru'r fan i'r grŵp. Yr unig broblem oedd, roedd Matt yn gweithio fel bownsar mewn clwb nos o bryd i'w gilydd, a doedd amserlen y daith i Gaernarfon ddim wedi caniatáu digon o gyfle iddo newid ei nosweithiau gwaith.

'Beth am Laura?' awgrymodd Belinda.

'Laura pwy?'

'Laura fy chwaer, wrth gwrs.'

'O na!'

'Pam lai? Mae hi newydd droi'n bump ar hugain, mae trwydded lân ganddi ac mae'n rhydd ddydd Gwener a Sadwrn.'

'No way, José!' atebodd Gwion, oedd wedi clywed digon o sôn am Laura Angharad, chwaer hynaf Belinda Sara, gan ei dad. 'Lorra, Lorra Laura,' roedd pawb yn yr ysgol yn ei galw hi, gan fod Laura Angharad yn gymeriad mawr ym mhob ystyr y gair. Roedd hi'n dal, yn drwm ac yn drwbwl . . . neu, o leiaf, dyna fel y meddyliai Gwion amdani.

'Hei, paid ti â phoeni am Laura, mae hi 'di newid. Mae'n chwaer lyfli – yn union fel Sali Mali!'

'Dw i ddim eisie neb mewn ffrog fawr oren i yrru fan Sêr y Nos, diolch yn fawr iawn!' protestiodd Alffi, yn meddwl am ddelwedd y band.

'Paid â phoeni – fe alla i ofyn iddi newid yn arbennig!' meddai Belinda'n bryfoclyd.

Ar wahân i drefnu gyrwyr ar gyfer y fan, prif waith Belinda oedd hyrwyddo'r gig yn ardal Caernarfon a threfnu'r tocynnau, y gwisgoedd a'r nwyddau i'w gwerthu ar y noson. Roedd aelodau'r band i gyd yn falch iawn o'r crysau T, yr hwdis a'r CDs oedd ganddyn nhw. Ar ben y cyfan, roedd angen cysylltu â'r cyfryngau lleol – y papurau newydd, yr orsaf radio a'r gwefannau amrywiol sy'n hyrwyddo digwyddiadau lleol. Rhwng e-byst, tecstio, llythyron a galwadau ffôn, roedd Belinda'n rhuthro o gwmpas y lle fel trên. Ar adegau fel hyn, roedd hi'n falch ei bod wedi astudio cwrs Busnes yn yr ysgol!

4

Dechrau

Erbyn gorffen llwytho'r holl offer, yn cynnwys saith gitâr Alffi, i gefn y fan fore Gwener roedd pawb yn falch o gael setlo yn eu seddau. Dim ond chwarter i saith oedd hi o hyd. Ond doedd ffordd droellog yr A470 o'r de i'r gogledd yn poeni dim arnyn nhw wrth i Lorra, Lorra Laura gracio un jôc ar ôl y llall am o leiaf awr gyntaf y daith.

'Chwarae teg, mae Laura'n gyrru'r fan yn iawn!' meddai Gwion gan sylwi ar bob symudiad. Roedd e'n dysgu gyrru ei hun, ac yn cael gwersi yng nghar ei dad ar y penwythnosau. Doedd Ffion Harri ddim mor siŵr.

'Ydy, mae'n eitha da . . . ond dw i'n gobeithio bod y gitârs yna'n saff yn y cefn!'

'Ydyn ni bron yno?!' gofynnodd Belinda Sara mewn llais plentynnaidd wrth iddyn nhw gyrraedd Aberhonddu, gan arwain at bwl o chwerthin o gyfeiriad ei chwaer fawr. Yna, cyn cyrraedd Llanelwedd, roedd sŵn od i'w glywed yn dod o'r injan. Stopiodd Laura'r fan yn yr arhosfan gyferbyn â maes y Sioe Fawr.

'O na! Does bosib fod rhywbeth yn bod ar y fan!' ebychodd Belinda mewn panig gan edrych o'i chwmpas yn wyllt. 'Beth am y gig?'

'Dal sownd! Fe af i i weld nawr,' cysurodd Gwion hi yn ei ffordd cŵl, arferol.

Camodd allan o'r fan i ymuno â Laura, a oedd eisoes wedi agor y boned ac yn twrio ymysg y pibau a'r darnau plastig du ym mol yr injan er mwyn trio gweld beth oedd y broblem.

'Weden i bod angen newid y *fuel filter*,' awgrymodd Gwion mewn llais cŵl, awdurdodol. Mae'n amlwg fod yr oriau a dreuliodd gyda'i dad yn y garej dros y blynyddoedd wedi talu ar ei ganfed.

'Fe ddylai fod 'na un sbâr yn y bocs tŵls yn y cefen,' meddai Laura. 'Dwedodd dyn y garej fod ambell beth i'n cal ni mas o drwbwl yn hwnnw, pe bai angen.'

Aeth Gwion rownd i'r cefn yn awchus, wrth i'r lleill ymbalfalu am ddiod a brechdan yn eu bagiau.

Wedi newid y ffiltr aeth popeth yn llyfn nes

iddyn nhw gyrraedd ochrau Penrhyndeudraeth, rhyw awr o ben eu taith. Erbyn hynny, roedd angen tŷ bach ar Elen. A gan fod Elen yn gorfod mynd, aeth pawb arall hefyd – jyst rhag ofn. Yna, ymlaen â nhw i Gaernarfon.

Roedd canol y dref yn brysur iawn. Roedd yn amser cinio erbyn hynny, gyda nifer fawr o bobl yn siopa ar gyfer y penwythnos, a'r gweddill yn dechrau meddwl am sleifio adre'n gynnar. Wrth droi i lawr at y cei ac ymlaen i gyfeiriad Galeri, penderfynodd Laura barcio'r fan yn y maes parcio arbennig yn agos at ddrws y llwyfan. Aeth Belinda i mewn i'r ganolfan gan adael i bawb arall ddadlwytho'r offer.

'Beth yw'r holl focsys brown yma, 'te?' holodd Elen wrth gario'r degfed bocs o'r fan i'r llwyfan.

'Y CDs, wrth gwrs,' atebodd Alffi gan ychwanegu at y pentwr.

'Wel, hyd yn oed petai pawb sy'n dod 'ma heno'n prynu deg copi yr un, fyddwn ni'n dal yn mynd â hanner y bocsys 'ma gartre!' wfftiodd Elen.

O fewn chwarter awr i Sêr y Nos gyrraedd, roedd Dylan Ifans, newyddiadurwr bywiog gyda'r *Caernarfon and Denbigh Herald*, ar ei ffordd i gyfweld y sêr ifanc. Doedd y band ddim yn gyfarwydd iawn â gwneud cyfweliadau – yn enwedig wrth geisio paratoi ar gyfer gig pwysig iawn – felly Ffion Harri oedd y cyntaf i siarad ag e.

'Ymm . . . helô, Dylan, ie?'

'Ia, 'na fo. Rŵan ta, ble mae'r band?'

'Ymm . . . maen nhw braidd yn brysur ar hyn o bryd. Oes rhywbeth y galla i wneud i helpu?'

'Ella wir – fedri di ofyn i un neu ddau o'r band ddod yma'n syth bìn? 'Sgin i'm drwy'r dydd. Ma gin i gyfweliad efo bòs y siop feics i'w wneud pnawn 'ma hefyd, 'sti.'

'Ond, Mr Ifans, dw i'm yn meddwl eich bod chi'n deall . . .'

'Dw i'n dallt yn iawn, 'sti – mae 'na fand newydd sydd angan cyhoeddusrwydd, ond dydyn nhw'm isio siarad efo'r wasg. Mmm, syniad da? Nac'di, del.'

'Www . . . wel, arhoswch funud. Af i i weld os oes rhywun yn rhydd.'

'Diolch, del.'

Ymhen hanner munud roedd Belinda'n cerdded draw i gyfeiriad y newyddiadurwr byr ei amynedd. Cyn gynted ag y gwelodd e hi, teimlai fod gobaith am stori. Wedi'r cwbl, roedd hi'n ferch osgeiddig a'i gwallt golau'n cyrlio dros ei hysgwyddau.

'Caernarfon a Denbigh Herald?' gofynnodd hi gan wenu'n siriol.

'Ia,' atebodd Dylan Ifans gan godi ar ei draed.

'Elwyn?' holodd Belinda gan gofio'r sgwrs ffôn a gafodd ychydig ddyddiau ynghynt.

'Naci, mae Elwyn yn Llandudno heddiw. Mi ofynnodd o i mi ddod draw i siarad efo chi.'

'O.'

'Dylan Ifans dw i.'

'Belinda Sara. Shwmae?'

'Iawn, diolch! A chditha?'

'Wel, braidd yn nerfus a gweud y gwir.'

'O, sdim angan bod yn nerfus efo fi, 'sti,' meddai Dylan gan drio bod yn gyfeillgar. 'Dim ond gofyn chydig o gwestiyna dw i am wneud.'

'Na, na! Nerfus am heno ydw i, nid am siarad 'da ti,' gwenodd Belinda.

A dyna ddechrau ar y cyfweliad. Holodd Dylan Ifans am gefndir y band a'r aelodau, am gynnwys y caneuon a'r gerddoriaeth, ac am hanes y cryno-ddisg newydd sbon. Roedd eisoes yn gwybod rhywfaint am y band gan fod ei frawd wedi bod yn un o'u gigs diweddar yn Ysgol Syr Hugh Owen. Yn ôl hwnnw, 'welais i

'rioed y ffasiwn beth! Roeddan nhw'n anhygoel
– am grŵp sy'n canu'n Gymraeg, hynny ydy.'

Roedd Dylan hefyd wedi clywed canmoliaeth
uchel 'i'r ferch sy'n canu fatha Lady Gaga'.
Dechreuodd Belinda gochi a chwerthin yn
nerfus, heb wybod yn iawn os mai cael ei
chanmol neu ei beirniadu yr oedd hi gyda'r fath
sylw.

Gyda hynny o eiriau, aeth Dylan Ifans ymlaen
i gyfarfod â bòs y siop feics gan hanner addo y
byddai'n dod 'nôl i weld a chlywed Belinda ar y
llwyfan ymhen pum awr a hanner.

5

Y Gig

'Mae'n ferw gwyllt y tu allan fan 'co!' meddai Ffion Harri'n gyffro i gyd ar ôl dod i mewn i stafell newid Sêr y Nos.

Roedd hi'n chwarter i saith, ac roedd ffans ifanc ardal Caernarfon yn edrych ymlaen yn arw at y gig yn Galeri'r dref. Roedd y rhan fwyaf ohonyn nhw wedi gweld y band yn perfformio eisoes yn eu hysgolion lleol, ac roedd y perfformiadau hynny wedi'u denu nhw, ac ambell un arall hefyd, yn un dyrfa fawr i'r gig ddiweddaraf. Ond nid disgyblion ysgol oedden nhw heno. Roedd y dorf ddisgwylgar o bob oedran y tu allan i'r theatr yn fôr o liwiau amrywiol.

Erbyn hanner awr wedi saith roedd pawb yn eu lle y tu mewn i'r theatr. Nid môr o liwiau oedd i'w weld bellach – roedd y dorf wedi trawsnewid yn fôr o gyrff oedd yn symud fel tonnau'r Fenai y tu allan, yn bobian i fyny ac i lawr a'r llanw'n eu gwthio tua'r llwyfan. 'Sêr y Nos, Sêr y Nos' oedd y floedd fyddarol oedd i'w chlywed drwy'r neuadd.

Yn sydyn, newidiodd y miwsig cefndirol o gerddoriaeth ddawns rythmig i sain tebyg iawn i ffilm arswyd. Roedd yn amlwg fod rhywbeth mawr ar fin digwydd. I gyd-fynd â'r sain, newidiodd golwg y stafell hefyd wrth i'r goleuadau mawr llachar ddiffodd gan adael y lle'n glir ar gyfer llinellau lliwgar, hir a thenau o beiriannau laser cryf oedd yn saethu i bob cyfeiriad drwy'r mwg. Newidiodd y delweddau ar y wal fideo o luniau o'r daith ysgolion i luniau o'r sêr a'r planedau, gydag wynebau Belinda, Alffi, Gwion ac Elen yn ymddangos am ffracsiynau o eiliadau y tu mewn i'r planedau hynny.

Yna, o rywle uwchben y llwyfan, disgynnodd pedwar ffigur ar linynnau tenau o ddur i'w llefydd. Roedd y Sêr yn disgyn! Aeth y dorf yn wyllt. Wrth i hyn i gyd ddigwydd, roedd Alffi'n chwarae tannau ei gitâr yntau fel rhagarweiniad i'r gân gyntaf, 'Disgyn o'r gofod'.

Dros y ddwy awr a hanner nesaf aeth y grŵp trwy set anhygoel oedd yn cynnwys ffefrynnau fel 'Noson fel ti', 'Golau'r wawr' a 'Rhywbeth i bawb'. Roedd canu mewn cymaint o gigs dros gyfnod byr wedi tynhau cyd-chwarae'r band. Er eu bod nhw i gyd wastad wedi bod yn offerynwyr gwych fel unigolion, roedden nhw bellach yn broffesiynol tu hwnt fel uned.

Er mai Elen Efail Evans, yn un ar bymtheg oed, oedd aelod ieuenga'r band, hi oedd sail sain unigryw Sêr y Nos. Roedd ei tharo pwerus ar y drymiau'n atseinio drwy'r neuadd fel curiad calon gadarn a'i gwallt hir, du, oedd yn symud gyda phob curiad, yn ychwanegu at ei hapêl. Ei chyfrinach oedd ei bod hi wedi dysgu'n gynnar iawn mai prif swyddogaeth drymiwr mewn unrhyw fand yw cadw'r bît, yn hytrach na thrio dangos eich hun yn ormodol.

Yno'n dynn wrth ei hochr roedd y cŵl dŵd ei hun, Gwion Rhys Davies, ar ei gitâr fâs. Roedd hi'n amlwg fod Gwion wrth ei fodd yn perfformio o flaen y gynulleidfa fyw. Roedd chwarae mor agos at y drymiau hefyd yn rhoi gwefr iddo. Gallai pawb yn y neuadd deimlo curiad y gerddoriaeth yn eu taro'n syth yn eu calonnau, gan achosi i bawb gynhyrfu'n ferw gwyllt. Roedd gwrando ar gerddoriaeth fyw dipyn gwell na'i chlywed ar unrhyw CD neu dros donfeddi'r radio.

Ar flaen y llwyfan wedyn, roedd Alffi'n mynd drwy ei bethau. Fe oedd fflach y band, yn llawn egni. Byddai wrth ei fodd yn newid ei wisg, neu rywbeth am ei olwg, bob tro roedd e'n newid gitâr – boed yn sgidiau, crys neu'n benwisg. Showman go iawn oedd Alffi, ac roedd y dorf yn barod am sioe y noson honno. Rhwng ei drawsgyweiriadau a'i chwarae tanllyd ar y gitâr, roedd e'n bendant yn llwyddo i hudo'r gynulleidfa. Roedd Ffion Harri wrth ei bodd yn gwylio rhai o'r bechgyn yn y blaen yn ceisio dynwared ei chwarae tra bod y merched yn gwneud eu gorau glas i ddenu sylw'r maestro o Faesycoed. Heb fod ymhell oddi wrthyn nhw wedyn, roedd ffigur eitha cyfarwydd yn mwynhau ei hun yng nghanol y mwg a'r cyffro. Roedd Ffion yn falch o weld bod Dylan Ifans, y newyddiadurwr, wedi cadw at ei air.

Ond Belinda Sara oedd y seren ar frig y goeden. Ganddi hi roedd y cyfrifoldeb am y canu a'r allweddellau. O ganlyniad, hi, mewn gwirionedd, oedd yn cael y rhan fwyaf o'r sylw gan y gynulleidfa a'r cyfryngau. Syfrdanwyd nifer o bobl oedd wedi dod i glywed Sêr y Nos am y tro cyntaf gan sain ei llais unigryw. Roedd yn feddal fel melfed un funud ac yna'n blastio allan fel bwled y funud nesaf. Serch hynny, erbyn y pumed *encore*, roedd ei llais yn dechrau mynd yn gryg, er nad oedd hynny'n poeni dim ar y gynulleidfa o'i blaen, a oedd yn dal i alw am fwy! Heb unrhyw amheuaeth, roedd hwn yn gig i'w gofio!

6

I'r Wyddfa ar Wib

Dylan Ifans oedd yr olaf i adael Galeri, a hynny ar ôl cael gair â phob aelod o fand Sêr y Nos yn eu tro. Roedd yn swnio'n debycach i ffan na newyddiadurwr, meddyliodd Ffion Harri wrthi'i hun. Defnyddiai eiriau fel 'gwych', 'ffantastig' a 'bythgofiadwy' – nid fel newyddiadurwr o gwbl, gan fod y rheini'n arfer bod yn griw digon beirniadol. Disgrifiodd y gerddoriaeth fel 'ffres a ffynci,' 'soniarus a super-swynol' – heb sôn am 'arwyddocaol ac arallfydol'. Disgrifiadau hynod addas, meddyliodd Ffion eto, yn enwedig o gofio enw'r grŵp!

Ond cadwodd Dylan ei ganmoliaeth uchaf ar gyfer Belinda. Er iddo ganmol y cerddorion eraill i'r cymylau, 'gwefreiddiol' oedd ei ddisgrifiad ohoni hi. Efallai mai'r ffaith mai cyfweliad â Belinda gafodd e'n gynharach yn y dydd oedd y rheswm am ei eiriau arbennig. Ond credai aelodau eraill y band mai ei rôl hi fel prif gantores oedd y rheswm dros yr holl sylw, fel arfer.

Cliriodd Laura'r offer llwyfan gyda help gan staff y theatr, wrth i'r Sêr fynd i newid. Erbyn i'r pedwar creadigol gyrraedd y fan, roedd popeth wedi'i bacio'n dwt yn y cefn – yn cynnwys holl gitârs Alffi!

'Dyna beth oedd noson dda!' meddai Ffion. 'Ro'dd hi'n debycach i sêl dechrau'r flwyddyn yn y cyntedd 'na! Pawb yn ysu am gael prynu rhywbeth o gynnyrch y band.'

'Dw i ddim yn gwbod beth wnawn ni am gryse T o hyn mlaen,' meddai Laura. 'O leia ma'r fan 'ma dipyn yn ysgafnach nawr, yn enwedig gan fod o leia hanner y CDs wedi mynd 'fyd!'

'Beth? Chi 'di gwerthu pob crys T . . . a hanner y CDs?!' gofynnodd Belinda'n syn ar ôl gorffen arwyddo'i llofnod i ambell un oedd yn dal i hongian o gwmpas y lle er mwyn gweld eu harwyr.

'Pob un!' atebodd Laura'n llawn cyffro. Dechreuodd wneud symiau yn ei phen, gan ei bod yn ennill comisiwn ar werthiant y noson.

'Reit! Beth am 'i throi hi am yr Wyddfa 'te?' awgrymodd Gwion yn cŵl i gyd.

'Shhhh! Paid â dweud gormod, Gwi,' meddai Elen yn nerfus, gan edrych o'i chwmpas i weld a oedd rhywun wedi'i glywed.

'Elen, dyw Gwion byth yn dweud rhyw lawer,' esboniodd Belinda.

'Dewch, nawr! Mae 'da ni waith i'w wneud,' meddai Ffion yn bendant.

✦　✦　✦

Roedd hi'n dywyll fel bol buwch ar y ffordd o Gaernarfon i Lanberis, a'r bws yn siglo o ochr i ochr wrth i'r criw drio setlo i gael ychydig o gwsg. Yna'n sydyn, daeth golau cryf o'r tu ôl i'r bws yn rhywle, a goleuo'r cerbyd fel golau ddydd. Sylwodd Laura mai goleuadau car oedden nhw. O fewn dim roedd y goleuadau hynny'n agosáu at y fan ar ras, ac yn eu dilyn yn dynn.

'Mae 'na gar rhyfedd y tu ôl i ni,' meddai Laura'n dawel.

'Pam? Be sy'n bod arno fe?' gofynnodd Alffi.

'Sdim byd yn bod ar y car ei hun, ond mae e newydd rasio drwy'r pentre dwetha 'na nes iddo fe gyrraedd y fan, a nawr, yn lle ein pasio ni, mae e wedi arafu.'

'Falle 'i fod e 'di gweld cops, neu mae e'n gwbod bod *speed camera* cyn bo hir?' awgrymodd Gwion.

'Na, base'r Sat Nav 'ma 'di gweud wrtha i os oedd camera cyflymder gerllaw . . . a dw i'n ame a fydde fe 'di gweld car plismon o gwbl ar y cyflymder roedd e'n teithio,' oedd ymateb gwawdlyd Laura. 'Na . . . ma rhwbeth yn od obeutu fe. Mae'n ein dilyn ni. Yn bendant i chi.'

'Dylan yw e, sbo,' meddai Belinda.

'Pwy? Y boi o'r papur newydd?' gofynnodd Alffi.

'Ie.'

'Be sy'n neud i ti feddwl hynny, Belinda?' gofynnodd Alffi, gan synnu at gyflymder meddwl y brif gantores.

'Wel, sawl person arall oedd yno heno oedd yn ddigon hen i yrru?'

'Dim llawer,' atebodd Elen. 'Doedd dim llawer ohonyn nhw'n edrych yn hŷn na fi.'

'Yn union.'

'Ond beth os gethon nhw lifft gan eu rhieni?' awgrymodd Alffi.

'Dw i'm yn gweld lot o rieni cydwybodol yn fodlon gyrru fel ffyliaid trwy bentrefi Gwynedd er mwyn trio gweld fan ddiflas fel hon!' wfftiodd Laura.

'Stopia'r fan,' gorchmynnodd Ffion.

'Ond . . . ble?' holodd Laura.

'Unrhyw le . . . fan hyn.'

Felly gwasgodd Laura ei throed ar y brêc a daeth y fan i stop yn sydyn ar ochr y ffordd. Stopiodd y car oedd yn eu dilyn hefyd.

'Ti sy'n iawn 'to, Belinda,' meddai Gwion wrth syllu allan drwy ffenest gefn y fan. 'Cer i ddweud "nos da" wrth dy "ffan" 'te,' meddai, gan amau nad yn llais y brif gantores yn unig yr oedd diddordeb Dylan Ifans.

Agorodd Alffi'r drws er mwyn i Belinda fedru symud o'r sedd ganol. Aeth hi allan a cherdded draw at y car cyflym.

'Jyst isio gweld lle oeddach chi'n mynd i aros y nos o'n i,' meddai'r bachgen ifanc, oedd yn amlwg wedi gwario mwy o'i gyflog nag y dylai ar y car roedd yn ei yrru. Wrth syllu i fyny ar Belinda o'i gar bach isel, teimlai Dylan fel hogyn bach drwg oedd wedi cael ei ddal yn dwyn da-da o fag ei fam.

'Yn Llanberis . . . a dyna i gyd sydd angen i ti wbod heno,' meddai Belinda'n chwareus.

'Iawn. Falla wela i chdi fory?' holodd Dylan yn obeithiol.

'Falle! Nos da.'

'Nos da, Belinda.'

Gyda hynny, caeodd y ffenest drydan yn llyfn cyn i'r car droi'n gyflym a hedfan yn ôl ar hyd y ffordd i gyfeiriad Caernarfon.

'Da iawn ti,' meddai Elen wrth i Belinda ddringo 'nôl i mewn i'r fan. 'Sdim eisie sbwylo'r noson sbesial 'ma gyda phobl yn dilyn ni i bob man.'

'Nac oes, ti'n iawn. Ti'n hollol iawn, Elen fach,' atebodd Belinda gan wenu.

7

Mynydd Uchaf Cymru

Treuliwyd gweddill y daith i Lanberis heb ragor o ddrama. Ond, yn lle troi i mewn i faes parcio gwesty'r Victoria ar y chwith ar ôl mynd heibio'r orsaf drenau, trodd y fan i'r dde, i Res Victoria. Gyrrodd ar hyd y stryd o dai bychain ar y chwith a'r gerddi bychain ar y dde. Yna, croesodd y grid gwartheg a dechrau dringo'r ffordd i fyny gwaelod y mynydd. Ond cyn bo hir, arhosodd y fan wrth ochr giât, oedd yn golygu bod y trac i gerbydau wedi dod i ben. Er ei bod hi'n dywyll a phawb yn dyheu am gael mynd i'r gwely, roedd yn rhaid cwblhau gweddill y daith mewn ffordd hollol wahanol.

Y peth cyntaf oedd angen i'r criw ei wneud oedd newid o'u dillad ysgafn i'r gwisgoedd dringo arbennig roedd BB wedi'u rhoi iddyn nhw. Gwisgodd pawb eu trowsusau a'u siacedi cynnes, eu hesgidiau dringo, eu menig a'u hetiau.

Yna rhoddodd Ffion bâr o sbectol i bawb. Ond nid sbectolau cyffredin mo'r rhain. Roedden nhw'n caniatáu i bawb weld drwy dywyllwch y nos. Ac nid dyma'r unig offer arbennig oedd ganddyn nhw. Roedd systemau camera symudol pitw bach ar flaenau hetiau'r Sêr a chlustffonau *bluetooth* yng nghlust pob un, oedd yn caniatáu i bawb siarad â'i gilydd waeth ble bynnag yr oedden nhw. Ond doedd dim amheuaeth mai'r darn mwyaf cyffrous a defnyddiol o'u hoffer heno oedd y rocedi personol oedd yn mynd i'w saethu nhw i gyd i gopa'r Wyddfa.

✦ ✦ ✦

Wrth i'r Sêr baratoi ar waelod y mynydd, heb yn wybod iddyn nhw roedd rhywun arall ar fin cyrraedd copa'r Wyddfa hefyd. Gan ei bod yn noson mor dywyll, heb olau lleuad i'w arwain, roedd y dihiryn wedi dilyn cledrau'r trên i fyny'r mynydd yr holl ffordd o Lanberis. Roedd ganddo dortsh yn ei law a chariai becyn swmpus ar ei gefn.

Heb oedi dim, aeth draw at Hafod Eryri. Cydiodd yn nolen y drws a'i gwasgu. Agorodd y drws yn rhwydd. Roedd yn gyfarwydd â'r dodrefn a'r storfeydd erbyn hyn ac yn amlwg yn gwybod ei ffordd o gwmpas y lle, felly aeth ati ar unwaith i gychwyn ar ei waith. Ymbalfalodd yn ei fag am ei chwistrell. Dechreuodd symud yn araf o un botel ddŵr i'r llall, gan chwistrellu gwenwyn i bob un. Daeth gwên foddhaus i'w wyneb wrth gofio bod y gwenwyn hwn yn fwy pwerus na'r un y tro o'r blaen. Yn fwy effeithiol. Yn fwy peryglus . . .

✦ ✦ ✦

Ymhell i ffwrdd mewn ystafell ddirgel, yn gwylio'r holl ddigwyddiadau hyn ar ei wê-gamera, roedd BB. Cysylltodd yn syth â'r Sêr drwy eu clustffonau *bluetooth*.

'Da iawn chi yn y gig heno! Aeth popeth yn wych!' Roedd pawb wrth eu bodd yn clywed canmoliaeth BB. 'Ond nawr mae'r gwaith caled yn cychwyn. Mae'n ffrind ni wedi cyrraedd y copa. Mae e yno nawr . . . yn un o'r storfeydd. Ewch ar unwaith . . . ond byddwch yn ofalus. Fydd gen i ddim ffordd o gysylltu â chi ar y copa.'

'Iawn, BB,' atebodd Ffion Harri, cyn troi at ei ffrindiau. 'Wel, glywsoch chi'r bòs. Ydy pawb yn barod?' holodd.

'Ydyn,' atebodd pawb.

'Iawn, bant â ni 'te.'

Symudodd y Sêr a Ffion mor dawel â phosib tuag at bont oedd yn arwain at lwybr y mynydd. Dringodd Gwion y wal yn gyntaf cyn troi a helpu'r lleill i ddringo drosti. Cerddodd y criw am ddeng munud i gyfeiriad trac y trên bach, cyn iddyn nhw deimlo'n hyderus eu bod nhw bellach yn ddigon pell o Lanberis.

'Hoffen i fod wedi cael ychydig bach mwy o ymarfer â'r rocedi 'ma,' meddai Alffi. Cytunodd pawb yn nerfus.

Yna taniodd y Sêr eu rocedi drwy wasgu'r botymau ar y peiriannau rheoli bach oedd yn eu dwylo. Ar unwaith, dyma nhw'n dechrau saethu i fyny'r Wyddfa, yn gyflymach nag unrhyw drên, na hyd yn oed unrhyw redwr sy'n cystadlu yn y ras fawr flynyddol. Dilyn cledrau'r trac wnaethon nhw hefyd – ond o ddeng metr uwchben y cledrau y tro hwn! Cyrhaeddon nhw'r copa o fewn ugain munud.

'Mewn fan hyn,' meddai Alffi gan anelu at brif neuadd Hafod Eryri.

'Nage!' anghytunodd Elen. 'Yn un o'r storfeydd mae e, dyna wedodd BB.'

'Ewch chi'ch dau i'r dde 'te,' anogodd Alffi

Gwion ac Elen, 'ac ewn ni i'r chwith. Ond . . .
dim smic, cofiwch! Ffion, arhosa di fan hyn.'

Aeth y ddau bâr yn eu blaenau gan anelu at y
naill ochr a'r llall i'r cownter derw yng nghanol
y stafell ac ymlaen i'r stordy. Roedd y cyfan yn
dawel, heb unrhyw gyffro yn unman.

'Beth oedd hwnna?' sibrydodd Alffi'n sydyn
wrth weld cysgod tywyll yn ymddangos o'r tu ôl
i'r cownter ac yn symud i gyfeiriad yr Allanfa
Dân gerllaw.

'Falle taw Gwion oedd e,' cynigiodd Belinda.

'Gwion . . . ti'n iawn?' sibrydodd Alffi'n uwch.

'Ydw . . . ond fe wnaeth rhywun 'y nharo i,'
atebodd Gwion o ben arall y caffi.

'Mae e'n dianc! Mas â ni'n glou!' gwaeddodd
Alffi.

Rhuthrodd y pedwar allan o'r stordy, drwy'r
neuadd fwyd ac i gyfeiriad y brif fynedfa. Gan
ddefnyddio'u sbectolau arbennig, roedden nhw'n
gallu edrych o'u hamgylch yn y tywyllwch. Ond
doedd dim byd i'w weld. Yna'n sydyn clywodd
Elen sŵn y tu ôl iddi. Trodd o'i hamgylch a syllu
i fyny tua chopa'r Wyddfa.

'Dacw fe!'

Trodd y lleill fel un gan ddechrau rhedeg ar
unwaith i fyny'r llethr tua'r copa. Roedd yn

rhaid cael gafael ar y dihiryn. Ond roedd y llwybr yn garegog ac yn llithrig. Cyn iddyn nhw fedru ei gyrraedd, dyma'r ffigur oedd o'u blaenau'n cymryd un llam enfawr ac yn neidio i'r tywyllwch o gopa'r Wyddfa! Caeodd Elen ei llygaid yn dynn. Roedd y cyfan yn rhy ofnadwy, meddyliodd. Ond roedd y Sêr eraill yn dal i lygadu'r ffigur tywyll yn disgyn i berfeddion Eryri gan ddisgwyl clywed sgrechiadau erchyll. Yna, ymhen dim, gwelson nhw rywbeth enfawr yn dechrau ymddangos yn y tywyllwch oddi tanyn nhw.

'Parasiwt!' sgrechiodd Belinda. 'Ma 'da fe barasiwt!'

Roedd hi'n iawn. Roedd gan bwy bynnag oedd wedi neidio oddi ar y copa barasiwt i'w gipio i ddiogelwch y dyffryn islaw. Roedd Ffion wrthi'n tynnu lluniau'n wyllt gan ddefnyddio'i ffôn symudol.

'Beth wnawn ni nawr?' holodd Elen.

'Dim!' atebodd Alffi'n ddigalon.

'Be ti'n feddwl, "dim"?' wfftiodd Elen.

'Wel, does dim ynni ar ôl yn ein rocedi ni, felly allwn ni ddim mo'i ddilyn e.'

Edrychodd y pedwar mewn panig ar ei gilydd. Beth fyddai BB'n ei ddweud, tybed?

8

Beth Nesaf?

Y diwrnod canlynol, yn ôl yn swyddfa'r Sêr yn y de, cafodd BB gyfle i holi'r pedwar am ddigwyddiadau'r noson cynt ar gopa'r Wyddfa.

'Welsoch chi 'i wyneb e o gwbl?'

'Naddo, BB,' meddai Elen. 'Mae'n rhaid 'i fod e wedi cuddio y tu ôl i'r cownter pan aethon ni i chwilio yn y storfeydd, cyn dianc trwy'r brif fynedfa.'

'Aethon ni ar ei ôl e'n syth,' ychwanegodd Gwion.

'Mae'n rhaid bod y parasiwt yn barod ganddo ar y copa,' eglurodd Alffi.

'Paragleidio wnaeth e,' meddai Belinda. 'Roedd gen i gariad unwaith oedd yn mynd bob penwythnos i neidio oddi ar y bryniau uwchben Nantgarw neu Aberfan. Mae'n debyg fod y lifft yn arbennig o dda fan'na.'

'O'n i ddim yn sylweddoli bod liffts i gael yn

Nantgarw ac Aberfan!' sibrydodd Ffion Harri'n dawel yng nghlust Elen.

Edrychodd y gweddill arni'n syn.

'Beth?' gofynnodd BB dros yr uchelseinydd . . .

'Dim byd, BB,' meddai Gwion.

'Wel, o leia mae dirgelwch y dŵr wedi'i ddatrys,' aeth BB yn ei flaen. 'Mae'r heddlu wedi bod yn Hafod Eryri drwy'r dydd yn chwilio am dystiolaeth, yn cynnwys tystiolaeth DNA, ac mae staff yr Hafod wedi bod yn brysur iawn yn trefnu cyflenwad newydd o ddŵr potel ac yn newid y cloeon ar bob drws allanol. Ond un peth oedd yn drysu pawb oedd . . . pam yn union oeddech chi ar gopa'r Wyddfa yng nghanol y nos. Sut lwyddoch chi i esbonio hynny?!'

'Dweud mai dyna'r ffordd oedden ni'n ymlacio ar ôl gig brysur iawn . . . a'n bod ni wedi sylwi ar y drws agored yn Hafod Eryri . . . felly aethon ni i mewn rhag ofn bod rhywbeth o'i le . . .' eglurodd Belinda.

'Dw i'n methu credu na wnaethon ni ddal y gwalch, BB! Roedden ni mor agos!' ebychodd Gwion yn flin.

'Paid â phoeni gormod am hynny, Gwion! Dw i'n siŵr y daw cyfle arall, rywbryd, i ddal y pysgodyn seimllyd,' oedd ymateb BB.

'Beth? Sdim rhaid i ni fynd i gopa'r Wyddfa eto, oes e?' gofynnodd Alffi'n sur.

'Na Alffi, dw i'm yn meddwl y bydd y dyn yna'n mynd 'nôl i'r copa am sbel,' atebodd BB. 'Ond faset ti'n fodlon mynd 'nôl i Galeri, Caernarfon i chwarae gig arall?!'

'O baswn!' atebodd Alffi'n syth. 'Roedd y lle'n anhygoel – y sŵn yn fyddarol a'r gynulleidfa'n wych! Wyt ti am i ni drefnu gig arall yno'n fuan?' gofynnodd Alffi'n llawn brwdfrydedd.

'Nadw, ddim am sbel beth bynnag. Ond ar ôl eich llwyddiant chi yno, mae Canolfan Mileniwm Cymru wedi holi os y'ch chi ar gael i ganu dwy gân mewn cyngerdd arbennig i gloi Eisteddfod yr Urdd ddechrau'r mis nesa! Beth y'ch chi'n feddwl?' holodd BB'n chwareus.

'IEEEEEE!! WWW!!' sgrechiodd pawb gyda'i gilydd.

'Ond pam ni, BB?' holodd Elen.

'Mae 'na sawl erthygl wedi'i chyhoeddi amdanoch chi'n ddiweddar, ond mae 'na un adolygiad ardderchog ar y we gan newydd-iadurwr ifanc o'r gogledd yn rhywle. Nawr, beth oedd ei enw e . . . Dylan Ifans . . . ie . . . dyna ni . . . ac mae'n amlwg ei fod e wedi'i syfrdanu gennych chi, yn enwedig gyda ti, Belinda! Oes rhywbeth y dylwn i wybod, Ffion?'

'O nn . . . nac oes, nac oes wir, BB,' atebodd Ffion yn nerfus.

'Mae prif ganwr pob band yn denu sylw, BB . . . o'n i'n meddwl y baset ti'n gwbod hynny erbyn hyn,' ychwanegodd Alffi gan wenu ar ei bartner cerddorol oedd yn gwrido yng nghornel y swyddfa.

'Wel, falle y dylet ti, Belinda, a phawb arall, wrth gwrs, ddianc o sylw'r cyfryngau am gyfnod er mwyn cael cyfle i baratoi ar gyfer y gig bwysig nesa. Gall honno eich gyrru chi i uchelfannau sydd hyd yn oed yn uwch na'r Wyddfa! Felly dw i wedi trefnu wythnos o ymarfer i chi yn rhywle digon tawel, er bydd digon i'ch cadw chi'n brysur yno, wrth gwrs.'

'O diolch, diolch BB. Well i ni fynd i bacio ar gyfer mynd i'r haul, ife?!'

Roedd Elen Efail Evans ar ben ei digon, a'i dychymyg wedi dechrau chwarae triciau arni. Dychmygai eu bod nhw ar fin hedfan mewn jet personol o faes awyr Caerdydd i wres tanbaid rhyw wlad bellennig . . .

'Wow nawr! Aros funud, Elen fach,' meddai'r llais dros yr uchelseinydd. 'Mae'n rhaid i chi wneud ychydig bach mwy o waith yn gyntaf. Mynd i rywle lle *gallai*'r tywydd fod yn braf fyddwch chi, ond alla i ddim addo, cofiwch!'

'Ynys y Barri?' cynigiodd Alffi.

'Na . . . unrhyw gynnig arall?' pryfociodd BB.

'Penrhyn Gŵyr?' mentrodd Belinda.

'Nage. Ry'ch chi'n mynd am wythnos i wersyll yr Urdd yn Llangrannog.'

'O, grêt!' ebychodd Gwion. 'Dw i'm 'di bod yn Llangrannog er pan o'n i ym mlwyddyn 8. Gallen ni fynd i sgïo a gwibgartio a mynd ar y moto-beics!'

'Y . . . well i chi beidio – rhag ofn i rywun frifo . . .' oedd ateb synhwyrol BB. 'Felly ymlaciwch heno. Fe fyddwch chi'n gadael pnawn fory am dri.'

9

Newyddion o Langrannog

Doedd 'Lorra, Lorra Laura' ddim ar gael i fynd
â'r criw i'r Gwersyll ond, wrth lwc, roedd Matt
Brown yn rhydd. Dyn cyhyrog, tri deg oed heb
flewyn o wallt ar ei ben oedd Matt, ac roedd e'n
gymeriad digon diddorol. Ymunodd â'r fyddin
yn un ar bymtheg oed, ac yn ystod ei gyfnod yno
daeth yn bencampwr codi pwysau dros Brydain.
Ond, wedi iddo ymddeol o'r fyddin, roedd e'n
gweld bywyd yn anodd iawn 'nôl gartref gan fod
y cyfnodau yng Ngogledd Iwerddon ac Irac wedi
effeithio arno. Roedd cael gwaith fel bownsar yn
rhai o glybiau nos yr ardal, yn ogystal â gyrru'r
fan i Sêr y Nos, wedi bod o help iddo.

Doedd codi'r offer ymarfer yn ddim trafferth o
gwbl i Matt ac roedd y fan wedi'i llwytho o fewn
dim. Yna, wedi disgwyl am chwarter awr i Ffion
Harri gyrraedd (roedd hi'n hwyr oherwydd ei

bod yn sychu'i gwallt!), gadawodd Sêr y Nos y swyddfa yn gyffro i gyd.

'Ble ti 'di bod, Ffion?' holodd Elen.

'Sori, ro'dd lot o waith . . . trefnu gen i,' atebodd Ffion.

'Ie, mae'n rhyfedd faint mwy o "drefnu" sydd gen ti i'w wneud pan wyt ti'n gwbod taw Matt sy'n gyrru'r fan!' pryfociodd Belinda, gan ei bod hi'n gwybod bod Ffion yn eitha hoff o'r cawr tawel. 'Mae e'n dal i fod yn sengl, ti'n gwbod.'

Cochodd Ffion. Ond chlywodd Matt mo'r sgwrs gan fod injan y fan mor swnllyd. Gyrrodd y fan yn esmwyth iawn trwy Ferthyr Tudful cyn mynd ymlaen i ymuno â'r M4.

'Dyma'ch cyfle i fynd i'r tŷ bach,' meddai Matt, gan droi'r fan oddi ar y gylchfan ym Mhont Abraham.

'Fydda i ddim yn hir,' meddai Ffion, gan ddringo allan o'r fan ac anelu am y tŷ bach.

'Na fyddi, achos bydda i gyda ti,' meddai Belinda gan wenu. 'A dim gormod o 'bincio, reit?'

Aeth Alffi a Gwion i brynu diod yn y siop. Alffi oedd y cyntaf i sylwi ar fachgen bach, tua deg oed, yn syllu arnyn nhw. Diflannodd hwnnw cyn ailymddangos mewn eiliad neu ddwy â beiro a darn o bapur digon tila yn ei law.

'Ga i lofnod, plîs?' gofynnodd yn swil.

'Beth?' Doedd Alffi ddim wedi arfer â bod yn seren eto. 'Fi? . . . Ti'n siŵr?!' gofynnodd yn syn.

'Ydw . . . a fe hefyd, plîs?'

'Sori, ydy e'n eich poeni chi?' gofynnodd mam y bachgen wrth iddi gyrraedd y criw o fechgyn oedd yn sefyll ar bwys y cwpwrdd diodydd oer.

'Na'di, mae e'n gwrtais iawn,' atebodd Gwion. 'Dyw Alffi ddim wedi arfer â chael plant yn gofyn am lofnod, 'na i gyd. Mae hyn i gyd yn dal i fod yn newydd i ni. Beth yw dy enw di?'

'Eirian Siôn.'

'Ble welaist ti ni, 'te?'

'Yn yr ysgol . . . jyst cyn gwyliau'r Pasg.'

'O! roedd e wrth ei fodd,' ychwanegodd ei fam. 'Mae e 'di bod yn holi am CD Sêr y Nos byth ers 'ny. Sdim un yn digwydd bod ar werth 'da chi fan hyn, oes e?'

'Nac oes sori, ddim fan hyn,' meddai Alffi wrth ysgrifennu'i enw ar y darn papur. 'Ond os gelli di adael neges i ni ar y wefan, fe wnawn ni sortio CD i ti – dim problem.'

'Diolch yn fawr i chi, fechgyn,' meddai'r fam. 'Dere Eirian, well i ni fynd i weld Mam-gu. Gelli di ddangos y llofnodion iddi hi. Hwyl!'

'Hwyl fawr, Eirian,' meddai Alffi a Gwion gyda'i gilydd.

'Wow! Cŵl!' ebychodd Alffi wrth i'r ddau gerdded 'nôl at y fan. 'Fy llofnod cyntaf!'

✦ ✦ ✦

Diolch i BB a'i gysylltiadau, roedd staff y gwersyll yn barod am y Sêr ac arweiniwyd pawb yn syth i'w hystafelloedd. Roedd Llangrannog wedi newid cryn dipyn ers i BB fod yna fel gwersyllwr a swog yn y 70au a'r 80au. Nid ystafelloedd *en suite* moethus oedd i gael bryd hynny, ond cabanau pren i'r rhai lwcus, a phebyll ar waelod y cae i bawb arall!

Un peth nad oedd wedi newid ers degawdau, fodd bynnag, oedd y croeso cynnes a'r arferiad o fwydo pob ymwelydd yn arbennig o dda! Felly, ar ôl cael cyfle i ddadbacio ac edrych o gwmpas am ychydig, daeth pawb at ei gilydd i'r caban bwyd i fwynhau pryd blasus. Doedd dim gwersyllwyr yn aros yn y gwersyll ar y nos Sul honno, felly roedd y criw ar goll braidd yng nghanol y môr o fyrddau gwag.

Ond er gwaetha'r ffaith fod y lle'n wag, roedd cryn dipyn o gyffro'n llenwi'r gwersyll. Roedd staff y gwersyll yn brysur yn sgwrsio am y digwyddiad hanesyddol oedd i'w gynnal yn y neuadd bentref gyfagos y nos Iau ganlynol. Roedd Radio Cymru'n dod i ddarlledu'n fyw oddi yno ac roedden nhw'n awyddus i glywed oddi wrth bobl leol, dalentog, gan eu bod nhw'n bwriadu cynnal cystadleuaeth berfformio.

'Pam na wnewch chi roi cynnig arni?' gofynnodd Alwena, cogyddes ieuengaf y gwersyll. 'Bydd e'n grêt os cawn ni grŵp pop yn Neuadd Pontgarreg!'

'Yma i ymarfer 'yn ni,' eglurodd Alffi wrthi'n ddifrifol, 'nid i gystadlu.'

'O dewch mla'n! Fe wnawn ni i gyd bleidleisio drostoch chi!'

'O! gawn ni, Alffi? Bydd e'n ymarfer da! Ac fe fydd e'n gyfle gwych i hysbysebu'r gig wythnos nesa,' meddai Elen.

'A falle bydd yn rhaid i ti arwyddo mwy o lofnodion!' ychwanegodd Gwion yn bryfoclyd.

Meddyliodd Alffi am ychydig. 'Mm, falle'ch bod chi'n iawn. Falle y dylen ni gystadlu – er mwyn y cyhoeddusrwydd, wrth gwrs.'

'Wrth gwrs!' cytunodd pawb gan wenu.

10

Ymarfer Caled

'Na, dyw'r cord 'na ddim yn iawn fan'na.'

'Beth am newid y curiad?'

'Mae angen gwell *hook* ar gyfer y gytgan.'

'Beth am drio gwenu weithiau? Mae hynny'n gallu bod yn sbort, medden nhw!'

Doedd diwrnod cyntaf y cyfnod ymarfer ddim yn hawdd o bell ffordd, a hwyl y noson cynt wedi'i hen anghofio bellach. Cafwyd trafodaethau brwd rhwng aelodau'r band, a chryn dipyn o ddadlau ynglŷn â pha ganeuon fyddai orau ar gyfer y gystadleuaeth a gig Canolfan y Mileniwm ymhen wythnos a hanner. Rhwng Belinda Sara ac Elen roedd y cecru a'r cweryla mwyaf, fel arfer. Ceisiodd Gwion ac Alffi helpu ond daeth y dydd i ben gyda'r ddwy ferch prin yn siarad â'i gilydd.

'Dw i eisiau cysgu mewn stafell wahanol heno,' meddai Elen. 'Dw i'm yn rhannu gyda *hi*.'

'Elen, paid â bod mor dwp! Sdim rhagor o stafelloedd ar gael – ma dros ddau gant o blant o Sir Benfro yma'r wythnos hon. Nawr sortiwch bethe neu fydd 'na ddim cystadleuaeth na gig, na hyd yn oed band 'da ni!' Ceisiodd Gwion gael Elen i ddeall pa mor ddifrifol oedd y sefyllfa.

'Beth yn union yw'r broblem, ta beth?' holodd Alffi. 'Anghytuno dros y caneuon sydd wrth wraidd yr holl ddadle?'

'Nage!' atebodd Belinda. 'Mae 'na ddadl wedi bod yn byrlymu rhwng fy nheulu i a'i theulu hi ers blynyddoedd.'

'A beth achosodd y cecru yn y lle cynta?' holodd Gwion.

'Dw i ddim yn siŵr iawn,' meddai Elen.

'Na finne chwaith,' cytunodd Belinda. 'Rhywbeth i wneud â modrwy neu fwclis dw i'n meddwl.'

'Felly, ry'ch chi'ch dwy'n barod i ddifetha popeth mae pawb wedi gweithio'n galed tuag ato fe ers misoedd lawer – a'r cyfan oherwydd ryw hen ddadl deuluol does neb yn 'i chofio'n iawn?!' oedd ymateb ffyrnig a syfrdanol Ffion Harri. 'Nawr, tyfwch lan, anghofiwch y cwympo mas, a byddwch yn barod i ymarfer yn iawn fory ar ôl noson dda o gwsg! A pheidiwch â meddwl eich bod chi'n rhannu stafell gyda fi heno chwaith!'

Doedd neb wedi clywed Ffion Harri'n siarad fel yna o'r blaen. Ond, yn dilyn ei phregeth, cysgodd pawb yn dda y noson honno. Y bore canlynol daethon nhw'n ôl i'r gampfa, lle roedden nhw'n ymarfer, yn llawn egni a syniadau creadigol, ond yn bwysicach na dim, heb unrhyw sôn am ddadl.

Aeth ymarferion gweddill yr wythnos yn berffaith, ac erbyn dydd Iau roedd popeth yn barod ar gyfer y gystadleuaeth. Aeth Matt Brown â'r offer draw i'r neuadd bentref tra bod y criw'n cael amser i ymlacio.

'Beth am roi cynnig ar sgïo?' gofynnodd Gwion yn obeithiol.

'Dim gobaith!' meddai Ffion Harri, a rhyw awdurdod newydd yn perthyn iddi. 'Glywaist ti beth ddwedodd BB ddydd Sadwrn diwethaf! Felly beth am wneud rhywbeth llai peryglus, iawn?'

'Ceffylau?!' awgrymodd Belinda.

'Ddim heddiw! Falle fory ar ôl y gystadleuaeth,' atebodd Ffion.

'Beth am saethu bwa saeth 'te?!' cynigiodd Gwion.

'Rhywbeth bach llai peryglus, dyna ddwedodd Ffion,' meddai Elen.

'Ond dyw e ddim yn beryglus iawn,' atebodd Gwion. 'Ddim fel sgïo neu rasio beiciau modur – wel, dim os wyt ti'n pwyntio'r bwa i'r cyfeiriad cywir, ta beth!'

Ac felly y bu. Aeth y Sêr allan i saethu, dan ofal llygaid barcud Ffion Harri. Yng nghanol y chwerthin a'r actio fel milwyr o'r canol oesoedd, yr Indiaid Cochion a ffrindiau Twm Siôn Cati, Gwion oedd yn disgwyl cyrraedd y brig ond Elen oedd â'r sgôr uchaf ar ddiwedd y dydd. Roedd ganddi lygaid craff, braich gadarn ac aneliad cywir i gyfeiriad y smotyn melyn yng nghanol y targed. Treuliodd y criw brynhawn hapus iawn yn ymlacio gyda'i gilydd.

Gan ei bod hi'n noson braf, a dim ond taith fer o'r gwersyll i bentref Pontgarreg, penderfynodd y criw gerdded draw i'r neuadd. Ac yn wir, yno'n eu disgwyl roedd neb llai na chriw BBC Radio Cymru!

11

Gig Pontgarreg

'Sêr y Nos?' gofynnodd Mari Rowlands, un o ymchwilwyr y BBC.

'Ie,' atebodd Ffion Harri. 'Oes modd iddyn nhw gael prawf sain cyn heno?'

'Oes, oes. Dw i'n falch eich bod chi wedi cyrraedd cyn pawb arall. Ma Matt wedi paratoi popeth ar eich cyfer chi ac ma Rhodri, ein dyn sain ni, wedi gosod y meics yn eu llefydd, ond bydd angen i chi diwnio'ch offerynnau'ch hun. Yna gall Rhodri wirio'r lefelau sain.'

'Gawn ni wneud hynny'n syth 'te?'

'Cewch, cewch. Ewch ati'n syth i diwnio!'

Aeth y Sêr ati ar unwaith i gael popeth yn barod ac i ddod i arfer â'r neuadd a'i sain. Hen neuadd bren oedd hi, heb garped, felly roedd tipyn o adlais ynddi. Doedd pobl y BBC ddim yn poeni am hynny gan fod eu meicroffonau'n agos at yr offerynnau a'r amps, ond i Belinda Sara roedd creu sŵn da ar gyfer y gynulleidfa fyw lawn mor bwysig.

'Bydd e'n well heno pan fydd y lle 'ma'n llawn,' meddai'r dyn sain, Rhodri Rees, i geisio cysuro Belinda.

'Bydd, mae'n siŵr . . . bach yn well o leia,' atebodd Belinda cyn i Elen ddechrau'r curiad ar gyfer 'Disgyn o'r gofod' . . .

Be sydd yn yr awyr?
Be sydd uwchlaw?
Pwy sydd yn cyrraedd?
Pwy . . . sy'n . . . galw . . . draw?
Mae'r cyffro yn gafael
Mae rhywbeth ar droed
Paid ceisio ymadael
Dim cuddio yn y coed
Mae'r Sêr yn disgyn heno – i chi . . .
Disgyn o'r gofod!

'Waw! Maen nhw'n dda,' gwaeddodd Rhodri ar Mari'r ymchwilydd.

Nodiodd hithau ei phen i guriad y drymiau. Roedd gwên lydan ar ei gwefusau a'i llygaid yn fawr fel soseri. Fel arfer, byddai'r dynion sain yn stopio'r band ar ôl iddyn nhw weld bod popeth yn iawn ar eu peiriannau ond gan fod Rhodri'n mwynhau gymaint, fe adawodd e i Sêr y Nos orffen disgyn cyn mynd ati i gyflawni rhagor o wyrthiau technegol.

Yn ystod y ddwy awr nesaf, llenwodd Neuadd Pontgarreg yn raddol â rhagor o gystadleuwyr cyn i'r gynulleidfa ddechrau cyrraedd. Yn eu plith roedd Alwena a gweddill staff gwersyll Llangrannog. Erbyn wyth o'r gloch roedd y lle dan ei sang, a'r cyffro a'r tensiwn yn amlwg ymysg y gynulleidfa, heb sôn am y tu ôl i'r llwyfan lle roedd y cystadleuwyr yn paratoi.

Geraint Lloyd, un o gyflwynwyr mwyaf poblogaidd Radio Cymru, oedd cyflwynydd y noson. Roedd e'n byw yng Ngheredigion ac yn adnabod nifer fawr o bobl o'r ardal. Dechreuodd y noson â chyflwyniad byr o'r ardal, cyn symud ymlaen at y cystadlu a'r beirniadu. Ond, yn wahanol i Eisteddfod, nid beirniaid swyddogol oedd yn mynd i ddewis yr enillwyr. Roedd y gystadleuaeth yma'n fwy tebyg i un o greadigaethau Simon Cowell, gan mai'r gynulleidfa gartref oedd yn dethol y goreuon.

Doedd dim cyfyngiad oedran ar y cystadleuwyr, nac unrhyw ganllawiau ar gyfer y cystadlaethau, felly cafwyd amrywiaeth anhygoel

– o grwpiau llefaru i unawdau cerdd dant, o ddawnsio disgo i ddynwared anifeiliaid fferm, ac o enwi cymaint o chwaraewyr rygbi rhyngwladol o fewn dwy funud, i gorau a phartïon o bob math. Sêr y Nos oedd yr olaf i ymddangos ar y llwyfan. Roedd y perfformiad yn well na'r prawf sain oherwydd bod ymateb y gynulleidfa, a honno erbyn hyn yn cynnwys pob un o'r cystadleuwyr eraill, yn syfrdanol. O fewn ychydig funudau, roedd pawb ar eu traed ac yn dawnsio'n llawn bywyd. Ond a fyddai'r gynulleidfa gartref yn ymateb yn yr un ffordd?

Yng nghanol yr holl sŵn a'r bwrlwm, agorodd drws cefn y neuadd. Rhuthrodd dyn i mewn a dechrau gweiddi ar dop ei lais. Ond, oherwydd sŵn yr holl offerynnau a drymio taer Elen, chlywodd neb mohono. Daeth i lawr tuag at y llwyfan a dechrau chwifio'i freichiau er mwyn ceisio dal sylw Belinda Sara. Ond gan mai meddwl taw mwynhau'r canu yr oedd e, dechreuodd hi ei ddynwared â'i breichiau ei hun. Cyn bo hir roedd pawb yn y gynulleidfa wedi ymuno yn yr hwyl. Yna, yn sydyn, neidiodd y dyn ar y llwyfan a gweiddi i mewn i'r meicroffon.

'Mae'r ceffylau wedi diflannu!'

Stopiodd y band yn syth.

'Mae ceffylau'r gwersyll ar goll! Rhaid cael help i chwilio amdanyn nhw!'

Dai, gofalwr ceffylau'r gwersyll, oedd yn galw am help. O fewn dim o dro, gwacaodd y neuadd wrth i bobl redeg, beicio neu yrru'r filltir rhwng Pontgarreg a'r gwersyll. Geraint Lloyd a chriw'r BBC oedd rhai o'r ychydig bobl ar ôl yn y neuadd. Ond, wrth lwc, roedd y rhaglen ar y radio ar fin dod i ben beth bynnag.

A hithau heb fod yn un i golli cyfle, penderfynodd Mari Rowlands ddilyn y gynulleidfa i geisio darganfod beth oedd yn digwydd . . .

12

Y Ceffylau Coll

'Beth am i ni fynd mewn parau i bob cyfeiriad er mwyn chwilio pob darn o'r tir mor gyflym â phosib?' awgrymodd Ffion Harri mewn llais cadarn a chlir oedd yn adlewyrchu'i hunanhyder newydd. Roedd pawb wedi dod at ei gilydd yn Sgubor Fawr y gwersyll, er bod y ceffylau wedi hen ddiflannu oddi yno.

'A beth os gwelwn ni rywbeth?' gofynnodd un o'r pentrefwyr.

'Wel gwaeddwch, sgrechiwch . . . gwnewch rywbeth i dynnu sylw pawb. Nawr bant â chi . . . chwiliwch am y ceffylau 'na!'

Heb oedi dim, gwasgarodd y dyrfa i bob cyfeiriad. Aeth rhai at yr ardal ferlota, rhai at y moto-beics, eraill i gyfeiriad y ffordd fawr, a'r gweddill i waelod y caeau.

'Beth am i ni fynd lan at y llethr sgïo?' awgrymodd Gwion.

'Ti'n benderfynol o gyrraedd y llethr sgïo 'na'r wythnos hon, yn dwyt ti?!' meddai Belinda.

'Ond does neb arall wedi mynd i'r cyfeiriad yna,' protestiodd Gwion.

'Iawn.'

Rhuthrodd y Sêr, Matt Brown, Ffion Harri a Mari Rowlands i waelod y llethr sgïo. Ond nid pawb oedd o'r farn fod mynd i'r llethr sgïo yn syniad da.

'Oes pwynt i ni fod 'ma?' gofynnodd Elen. 'Dw i ddim yn credu . . .' Ond cyn iddi orffen ei brawddeg dechreuodd sgrechian yn swnllyd. 'AAAA!'

'Elen, beth yn y byd sy'n bod?!' gofynnodd Ffion wedi'i dychryn braidd. 'Ti 'di gweld rhywbeth?'

'Licen i taswn i wedi gweld hwn mewn pryd.' Pwyntiodd Elen at ei throed dde mewn ffieidd-dod llwyr. Roedd ei throed wedi'i gorchuddio â thail ceffyl.

'Ych a fi!' oedd ymateb bron pawb.

'Cyn i fi sefyll yn y . . . gwrtaith, ro'n i ar fin dweud nad o'n i'n credu bod ceffylau'n hoffi sgïo.'

'Yn union!' meddai Gwion yn llawn cyffro. 'Dyw'r ceffylau byth yn dod i'r cyfeiriad yma, fel arfer.' Plygodd Gwion yn ei gwrcwd a rhoi ei fys yng nghanol y tail.

'Gwion! Be ti'n neud yn cyffwrdd â'r pŵ 'na?!' gofynnodd Belinda.

'Mae'n eitha cynnes o hyd.'

'Yyych! Ti'n afiach!' ychwanegodd y brif gantores.

'Sy'n golygu bod 'na geffyl newydd fod 'ma,' meddai Mari Rowlands, merch fferm o Fetws Gwerful Goch oedd wedi bod yn merlota ers cyn iddi fedru cerdded.

'Ond pam y llethr sgïo?' holodd Matt Brown. 'Wedi'r cyfan, mae defnydd y llethr yn rhy lithrig i'r ceffylau.'

'Ond nid yn rhy lithrig i ddringo,' meddai Gwion. 'Mae'r defnydd siâp sgwariau sydd ar y llethr yn golygu bod modd i'r ceffylau ddringo'r llethr! Dewch, gwell i ninnau ddilyn hefyd rhag ofn fod 'na gliwiau yno.'

'Beth am alw pawb arall?' holodd Matt.

'Fe wnawn ni hynny,' atebodd Belinda. 'Mae gen i ddigon o lais ar ôl yr holl ymarferion, a dw i'n siŵr y gwneith Elen helpu hefyd.'

Dechreuodd y ddwy weiddi nerth eu pennau tra bod y lleill yn dechrau dringo'r llethr sgïo. Ar ôl ychydig funudau roedd rhai o'r lleill wedi cyrraedd y gwaelod er mwyn dod i weld beth oedd achos yr holl sŵn. Esboniodd Belinda ac Elen yn gyflym cyn annog pawb i ddilyn gweddill y criw. Cyn bo hir, roedd y lle'n llawn o bobl yn stryffaglu i fyny'r llethr.

Gwion gyrhaeddodd y copa gyntaf, ac roedd yr olygfa oedd yn aros amdano'n ddigon i sugno'r holl anadl o'i ysgyfaint. Roedd yr awyr yn gymysgedd syfrdanol o goch, pinc ac oren wrth i'r haul fachlud dros Fae Ceredigion. Ac yn y pellter gallai weld amlinell ddu dwsin o geffylau yn erbyn lliwiau cynnes y machlud haul y tu draw i Ynys Lochtyn.

13

Dianc

'Dacw nhw!' gwaeddodd Gwion. 'Mae'r ceffylau ar yr ynys!'

'Hwrêêê!' Cododd bloedd fawr o gyfeiriad y llethr a dechreuodd rhai pobl guro dwylo. Roedd pawb wrth eu bodd â'r newyddion da, ac un neu ddau hefyd yn amlwg yn falch iawn fod y chwilio wedi dod i ben! Nawr fod pawb yn gwybod bod y ceffylau'n ddiogel, cychwynnodd y rhan fwyaf o'r dorf yn ôl tuag at y gwersyll neu i'w cartrefi. Daeth y Sêr, Matt Brown, Ffion Harri a Dai Ceffylau at ei gilydd mewn un cylch ar ben y bryn. Nhw oedd yr unig rai oedd am aros.

'Fe wna i ffonio Radio Cymru rŵan,' meddai Mari Rowlands, oedd newydd gyrraedd y copa eiliadau ynghynt. 'Mae'n siŵr bod Geraint Lloyd a'r criw ar bigau'r drain eisiau gwybod beth yw hanes y ceffylau. Byddan nhw wrth eu bodd ein bod ni wedi dod o hyd iddyn nhw.'

'Ond pwy aeth â nhw i Ynys Lochtyn yn y lle cynta . . . a pham?' gofynnodd Dai Ceffylau mewn penbleth. Doedd hyn erioed wedi digwydd o'r blaen, ac roedd e'n methu'n lân â deall y peth.

Estynnodd Ffion ei ffôn pinc llachar o'i phoced yn araf bach gan geisio peidio â thynnu sylw'r lleill. BB oedd wedi ei roi iddi pan ddechreuodd hi weithio iddo. Er bod y ffôn yn edrych yn un digon cyffredin, roedd gan Ffion ychydig o apps arbennig, cyfrinachol arno. Roedd hi'n hanner ystyried defnyddio un ohonyn nhw nawr er mwyn ceisio ateb cwestiynau Dai. Ond doedd hi ddim am fentro'i ddefnyddio o flaen pawb arall rhag ofn i'r lleill ddechrau holi pethau lletchwith.

Yn sydyn, sylwodd Belinda ar gysgod siâp gwahanol i gysgodion y ceffylau. Dim ond dwy goes oedd yn cyffwrdd â'r ddaear, nid pedair! Nid cysgod anifail oedd hwn. 'Mae rhywun gyda'r ceffylau!' meddai hi wrth y lleill.

'Dewch, well i ni fynd yno'n syth!' meddai Alffi.

Rhuthrodd pawb i gyfeiriad Ynys Lochtyn gan adael Mari Rowlands yn esbonio'r sefyllfa wrth Radio Cymru.

'Arhoswch amdana i!' bloeddiodd Mari'n ddamweiniol i mewn i'r ffôn wrth iddi sylwi'n sydyn bod pawb yn mynd a'i gadael ar ei phen ei hun. 'O! mae'n flin gen i. Roedd hwnna'n uchel iawn mae'n siŵr, ond mae Sêr y Nos newydd ddarganfod rhywbeth. Maen nhw wedi gweld rhywun ar Ynys Lochtyn. Well i mi ddilyn y lleill, ac fe gysyllta i eto 'mhen ychydig funudau. Hwyl!'

Rhedodd Mari ar hyd y llwybr arfordirol mor gyflym ag y gallai, ond doedd hi ddim yn hawdd gwneud hynny. Alffi oedd yn arwain y criw trwy'r tyfiant garw ar lethr y bryn. Rhedai nerth ei draed er mwyn ceisio cyrraedd yr ynys mewn pryd i ddal pwy bynnag oedd wedi arwain y ceffylau o'u lloches. Yn sydyn, daeth sgrech o gyfeiriad Elen wrth iddi faglu a disgyn yn bendramwnwgl ar ei phen-ôl tua chan metr y tu ôl i Alffi.

'Aaaaaaw!' bloeddiodd mewn poen.

'Elen, wyt ti'n iawn?' gofynnodd Matt Brown gan ruthro tuag ati a phlygu wrth ei hochr. Ef oedd yn dilyn y tu ôl iddi. Safodd pawb yn stond i weld a oedd Elen yn iawn.

'Aw! Nadw. Dw i'n meddwl 'mod i wedi troi fy mhigwrn,' atebodd Elen wrth i'r dagrau ddechrau llifo'n araf bach.

'Elen, ti eisiau i fi aros 'da ti'n gwmni?' holodd

Belinda, yn betrus braidd gan nad oedd hi'n awyddus iawn i golli'r holl antur.

'Na, cer di 'da'r lleill,' atebodd Elen yn ddewr. 'Bydda i'n iawn.'

'Ie, ewch chi. Fe arhosa i gydag Elen,' meddai Matt.

Aeth y lleill yn eu blaenau gan adael Elen yn eistedd ar y glaswellt a Matt yn penlinio wrth ei hochr. Fel cyn-filwr, roedd e'n gwybod yn iawn sut i drin pigwrn Elen gan fod pob milwr yn cael hyfforddiant cymorth cyntaf yn y fyddin. Cododd ei throed tuag at lefel ei frest a dechrau gwneud sblint gan ddefnyddio brigyn oedd ar y llawr. Yn anffodus i Matt, y droed honno oedd yr un oedd wedi sefyll yn y tail ceffylau ar waelod y llethr sgïo! Ond, yn ystod ei amser yn y fyddin, roedd Matt wedi gweld llawer o bethau gwaeth na hynny, felly doedd e ddim yn poeni am ychydig o dail. Agorodd garrai esgid Elen a'i defnyddio i glymu'i hances boced yn dynn fel rhwymyn o amgylch ei throed er mwyn cadw'r sblint yn ei le.

'Nawr 'te, wyt ti'n barod i roi bach o bwysau ar dy droed?' gofynnodd Matt.

'Ww, dw i ddim yn siŵr,' atebodd Elen yn betrusgar.

'Paid â phoeni, os na fedri di gerdded, fe wna i dy gario di 'nôl i'r gwersyll – wedi'r cyfan, un fach wyt ti!'

Gafaelodd Matt ym mraich Elen a'i helpu i godi. Wrth lwc, roedd y sblint wedi aros yn ei le. Doedd pigwrn Elen ddim wedi chwyddo'n ormodol, felly roedd gobaith y gallai gerdded gydag ychydig o help gan Matt. Edrychodd Elen i gyfeiriad Ynys Lochtyn. Roedd y golau'n diflannu'n gyflym, ond gallai weld cysgodion Alffi a gweddill y criw yn y pellter.

Roedden nhw ar fin cyrraedd y fan lle roedd y tir yn disgyn i'r traeth bach rhwng y tir mawr a'r ynys. Dyna lle roedd y ceffylau wedi casglu. Cyfrodd Dai Ceffylau'r anifeiliaid yn gyflym cyn rhoi ochenaid o ryddhad. Wrth lwc, roedd pob un o'r ceffylau yno, a dim un wedi crwydro i ffwrdd. Ond doedd dim sôn o'r cysgod dynol yn unman.

'Dacw fe!' gwaeddodd Alffi gan bwyntio at gysgod person ar y traeth. Ond wrth iddo fe a'r criw ruthro i lawr i gyfeiriad y traeth fe glywson nhw sŵn injan yn cychwyn, sŵn tebyg iawn i feic modur. Erbyn i Alffi gyrraedd y traeth roedd y person yn gyrru i mewn i'r môr ar jet-ski.

'O na! Ddim eto,' meddai Alffi'n siomedig.

'Eto?' gofynnodd Mari Rowlands, oedd allan o wynt ar ôl rhedeg fel mellten o ben y bryn er mwyn bod y nesaf i gyrraedd yr ynys ar ôl Alffi. Doedd hi ddim am golli un eiliad o'r cyffro.

'Ie . . . digwyddodd rhywbeth . . . tebyg iawn i ni . . .' dechreuodd Alffi ddweud yr hanes, ond roedd yntau hefyd allan o wynt.

'Paid â gwrando arno fe, Mari,' meddai Gwion yn frysiog wrth iddo gamu ar y tywod. 'Dyw Mari . . . ddim eisiau gwybod am . . . am yr amser est ti . . . ar dy wyliau i Ffrainc!'

'Y?' meddai Alffi wedi drysu'n lân.

'Ie . . . gelli di ddweud wrthi . . . am hanes y gwyliau rywbryd eto . . . Alffi,' ychwanegodd Belinda, gan sylweddoli beth oedd Gwion yn trio'i wneud, sef cadw'r digwyddiadau yn Hafod Eryri'n gyfrinach. Doedden nhw ddim yn awyddus i ymchwilydd Radio Cymru, o bawb, ddod i wybod am yr hanes hwnnw!

Roedd ffôn Ffion yn dal yn ei llaw wrth iddi gyrraedd y traeth, felly aeth ati'n syth i geisio tynnu lluniau 3D o'r jet-ski a'r gyrrwr. Ond, yn anffodus, roedd y pellter a'r diffyg golau yn ei herbyn. Roedd hi'n amau'n fawr a fyddai ei hymdrechion yn talu ffordd.

'Beth . . . am y . . . ceffylau?' meddai Dai

Ceffylau. Ef oedd yr olaf i gyrraedd, a'r mwyaf allan o wynt. 'Sdim amser . . . 'da ni . . . whare . . . ar y tywod fan hyn . . . Mae hi bron yn . . . dywyll!'

'Ti'n iawn, Dai. Well i ni fynd â'r ceffylau 'nôl i'r gwersyll cyn iddi nosi'n llwyr,' meddai Alffi wrth i sŵn peiriant y jet-ski ddistewi yn y pellter.

'Ddo i draw mewn munud, ond gwell i mi gysylltu â Radio Cymru eto dw i'n meddwl,' meddai Mari wrth i'r lleill ddechrau cerdded at y ceffylau. Ond wrth iddi afael yn ei ffôn symudol, goleuodd y sgrin a sylwodd ar rywbeth yn disgleirio yn y tywod.

14

Cliw yn y Tywod

Plygodd Mari er mwyn cael gwell golwg. Dim ond darn bychan iawn o fetel lliw arian oedd yn gwthio allan o'r tywod, ond roedd yn ddigon o faint i ddal sylw llygaid craff Mari. Cododd y darn metel, siâp petryal, o'r tywod yn ofalus. Roedd rhywbeth wedi'i ysgrifennu arno.

Hurio Hwyl yn yr Haul
Cei Newydd 374987

'Mae'n rhaid mai dyma lle gwnaeth o logi'r jet-ski!' dywedodd Mari wrthi'i hun. Ond heb yn wybod iddi, wrth estyn am y ffôn, roedd hi wedi gwasgu'r cod cyflym i ddeialu rhif Radio Cymru.

'Helô. Pwy sy 'na?!' gofynnodd y llais ar ben arall y lein.

'O, mae'n flin gen i. Tesni, ti sy 'na?'

'Ie . . . Mari?!'

'Ie.'

'Ble yn y byd wyt ti erbyn hyn? A be sy'n digwydd fan'na? Mae'n swnio fel antur go iawn!'

'*Mae* hi'n antur, Tesni! Dw i wedi rhedeg fel cath i gythraul er mwyn ceisio dod o hyd i'r ceffylau, a rŵan dw i wedi darganfod cliw a fydd falle'n help mawr i ddal y cnaf wnaeth eu cipio nhw yn y lle cynta!'

'Wyt ti am i mi sôn am hyn wrth Geraint, er mwyn iddo fe gyhoeddi'r peth dros y radio?'

'Na, well i ti beidio. Ond fe gei di ddeud wrtho fo bod y ceffyla'n ddiogel a'u bod nhw ar eu ffordd 'nôl i'r gwersyll.'

'Ocê 'te, wela i di cyn bo hir – ond cymer ofal.'

'Diolch, Tes.'

Erbyn hyn roedd Dai, Ffion, Gwion ac Alffi bron â chyrraedd top y bryn ar ôl rhuthro i fyny'r llethr, ac yn barod i ddechrau arwain y ceffylau oddi ar Ynys Lochtyn. Doedd Belinda, ar y llaw arall, ddim yn teimlo mor egnïol â'r lleill. Roedd hi wedi penderfynu eistedd ar waelod y bryn er mwyn cael hoe fach ac aros am Mari. Ar ôl munud neu ddwy'n pendwmpian, edrychodd Belinda o'i chwmpas i chwilio am Mari. Gallai weld ei chysgod yn penlinio ar y traeth. Cododd Belinda ar ei thraed a cherdded yn gyflym tuag ati, rhag ofn bod rhywbeth o'i le. Wrth iddi agosáu, cododd Mari ar ei thraed.

'Wyt ti'n iawn? Beth sy gen ti fan'na?' holodd Belinda'n chwilfrydig wrth weld bod Mari'n dal rhywbeth yn ei llaw.

'Sbïa!' atebodd Mari gan ddangos y darn metel iddi.

'Beth yw e?'

'Mae'n edrych fel cylch dal goriadau. Mae'n rhaid bod pwy bynnag wnaeth ddwyn y ceffylau wedi'i ollwng o cyn dianc.'

'Ti'n iawn. Paid â'i gyffwrdd e'n ormodol rhag ofn bod olion bysedd y dihiryn arno fe. Dere! Mae'n rhaid i ni 'i ddangos e i'r lleill!' meddai Belinda, ac i ffwrdd â'r ddwy i fyny'r llethr.

Erbyn iddyn nhw gyrraedd top y bryn roedden nhw'n gallu gweld Gwion ac Alffi yn cael trafferth mawr wrth geisio rheoli dau o'r ceffylau.

'Gwion! Alffi!' gwaeddodd Belinda. 'Dewch i weld hwn!' Rhuthrodd y ddau fachgen draw atyn nhw, yn ddigon balch o adael Dai gyda'r ceffylau. Dangosodd Mari y cylch allweddi, ac esbonio lle roedd hi wedi dod o hyd iddo. O fewn eiliadau roedd y pedwar yn llawn cyffro wrth feddwl efallai fod gobaith dal y dihiryn wedi'r cwbl. Ond doedd dim amser i drafod. Lapiodd Mari'r tag metel mewn hances boced a'i roi ym mhoced ei chôt. Roedd hi'n tywyllu'n gyflym, a phenderfynodd pawb, ar gais Dai, fynd 'nôl i'r gwersyll cyn gynted â phosib, er lles y ceffylau.

Wrth lwc, gan fod y ceffylau wedi hen arfer â chael eu harwain gan blant a phobl ifanc, doedd dim un ohonyn nhw'n gwylltio o gwbl, hyd yn oed o dan y fath amgylchiadau anarferol. Ond doedd y daith i fyny'r bryn ddim yn un hawdd o gwbl. Rhwng y tywyllwch a'r llwybr cul, roedd hi'n amhosib arwain y ceffylau'n gyflym. Aeth pethau o ddrwg i waeth wrth iddyn nhw gyrraedd y copa.

'Aww! Beth ar y ddaear . . ?!' gwaeddodd Gwion dros y lle wrth deimlo bollten o drydan yn gwibio i lawr ei goes. Neidiodd o gwmpas ar un droed, a cheisio rhwbio'i goes arall ar yr un pryd.

Yn y tywyllwch doedd neb yn gallu gweld beth yn union oedd wedi digwydd. Dechreuodd pawb siarad ar draws ei gilydd, yn pryderu am eu ffrind.

'Ti'n iawn, Gwion?'

'Be ddigwyddodd?'

'Dydw i ddim yn gallu gweld!'

Ond roedd un person yn gwybod yn iawn beth oedd wedi digwydd i Gwion.

'O, ie. Dylen i fod wedi'ch rhybuddio chi am y ffens drydanol sydd rhwng y llwybr a'r caeau. Sori, Gwion,' meddai Dai'n ymddiheurol, gan geisio peidio â chwerthin. 'Mae hi i fod i gadw'r anifeiliaid yn ddiogel a'u rhwystro nhw rhag cwympo i mewn i'r môr. Ond o leia ry'n ni'n gwbod 'i bod hi'n dal i weithio! Ha ha!'

Edrychodd Gwion yn ddig ar Dai, ac aeth pawb yn eu blaenau'n araf gan ofalu nad oedden nhw'n cyffwrdd â'r ffens.

Wedi cyrraedd copa'r bryn, roedd pawb yn falch iawn o weld goleuadau'r gwersyll yn dod i'r golwg. Doedd hi ddim yn bosib iddyn nhw fynd i lawr y llethr sgïo lletchwith, felly dilynodd pawb y llwybr drws nesaf, sef y llethr gwibgartio coch. Roedd hwnnw'n llawer saffach i'r ceffylau. Ar ôl cyrraedd y sied geffylau ym mhen pella'r gwersyll, aeth pob un o'r anifeiliaid addfwyn drwy'r drws yn ddigon bodlon a mynd ati ar unwaith i fwyta'r gwair yn y tywyllwch. Doedd dim un ohonyn nhw wedi dangos unrhyw arwydd o gyffro, fel petai'r math hyn o beth yn digwydd iddyn nhw bob nos! Roedd hi'n rhyddhad mawr i'r Sêr a'r criw wrth weld pob un ceffyl 'nôl yn ddiogel.

'Welsoch chi hynna?' gofynnodd Dai i bawb, gan gau drws y sied yn dynn ar ei ôl. 'Dim gair o ddiolch, dim cusan "nos da" a dim tusw o flodau. Yr unig beth sydd o ddiddordeb iddyn nhw yw bwyta a whare . . . maen nhw'n amlwg wedi dysgu llawer gan y plant dros y blynydde! Dewch, fe awn ni i mewn i gael paned. Rydyn ni'n haeddu un ar ôl yr holl helynt heno!'

15

Anrheg o Gei Newydd

Pan gyrhaeddodd pawb y caban bwyta, roedd Matt wrthi'n golchi troed Elen ac yn gosod bag o iâ ar ei phigwrn. Chwarae teg, roedd hi wedi llwyddo i gerdded peth o'r ffordd 'nôl i'r gwersyll, ond roedd Matt wedi gorfod ei chario hi dros y mannau lletchwith, serth gan fod arni ormod o ofn.

Dros baned o siocled poeth cafodd pawb gyfle i weld y cylch allweddi'n fwy manwl. Tynnodd Mari'r hances o'i phoced a'i hagor i ddatgelu'r tag metel holl bwysig.

Hurio Hwyl yn yr Haul
Cei Newydd 374987
9

Roedd y geiriau a'r rhifau wedi'u stampio ar y metel. Sylwodd Mari ddim ar y rhif naw bach pan oedd hi ar y traeth gan nad oedd y golau o'i ffôn symudol yn ddigon cryf i ddangos popeth yn glir. Doedd y metel ddim yn siâp petryal perffaith gan fod y corneli wedi'u plygu. Roedd yn debyg iawn i siâp y tagiau mae milwyr Americanaidd yn eu gwisgo mewn ffilmiau.

'Mae'n rhy hwyr heno, wrth gwrs,' dywedodd Alffi. 'Ond dw i'n mynd i ffonio'r rhif ar y tag y peth cyntaf bore fory!'

'Be wyt ti'n mynd i ddeud wrthyn nhw?' gofynnodd Mari Rowlands.

'Dw i ddim yn gwybod eto. Feddylia i am rywbeth.'

'Well i fi fynd 'nôl i'r neuadd rŵan,' dywedodd Mari'n siomedig wrth edrych ar ei horiawr. 'Ond cofia ofyn beth ydy arwyddocâd y rhif naw bach. A rho wybod be sy'n digwydd.'

'Wyt ti eisie lifft?' gofynnodd Dai iddi.

'Ond be am y ceffylau?' gofynnodd Mari'n syn. 'Fedrwch chi ddim mo'u gadael nhw heno, does bosib?'

'Dw i ddim yn credu bod unrhyw un yn ddigon twp i drio'u dwyn nhw ddwywaith mewn un noson!'

'Ocê 'ta, diolch.'

Wrth i Mari a Dai godi ar eu traed, agorodd

y drws ym mhen pella'r ystafell yn sydyn. Cerddodd Steff, rheolwr y gwersyll, i mewn yn frysiog. Roedd dau blismon yn eu gwisgoedd du a siacedi melyn, llachar yn ei ddilyn yn awdurdodol. Cododd Dai ei law ar y plismon hynaf a nodiodd hwnnw'i ben i gydnabod ei ffrind.

'Ydy pawb yn iawn?' holodd Steff yn bryderus. Roedd golwg eitha blinedig arno, druan.

'Pawb ar wahân i Elen a'i phigwrn,' atebodd Ffion.

'Bydd angen pedol neu ddwy arni fory!' chwarddodd Alffi'n uchel, ond anwybyddodd Steff ef yn llwyr. Doedd e ddim mewn hwyliau chwerthin heno. Roedd e wedi cael noson ofnadwy yn pryderu am ei geffylau, ac yn sicr, doedd y busnes hyn ddim yn gwneud unrhyw les i enw da'r gwersyll.

'Mae'r Sarjant Aled Swain a'r Cwnstabl Celfin Hughes wedi cyrraedd i gael sgwrs â chi i gyd cyn i chi fynd i'r gwely,' cyhoeddodd Steff. 'Maen nhw eisiau'ch holi chi ynglŷn â'r digwyddiadau ar Ynys Lochtyn. Fe wna i roi llonydd i chi, ond rhowch wybod os galla i helpu mewn unrhyw ffordd.' Caeodd Steff y drws ar ei ôl a gadael y ddau blismon lleol i wneud eu gwaith.

'Oeddech chi'ch dau ar fin gadael?' gofynnodd y sarjant i Dai a Mari.

'Wel, ro'n i'n bwriadu mynd,' atebodd Mari. 'Dw i'n gweithio i'r BBC ac mae gen i waith i'w orffen yn Neuadd Pontgarreg. Ond os ydych chi am i mi aros, fe wna i hynny â chroeso.'

'Na, popeth yn iawn. Yn Aberystwyth mae'ch swyddfa chi, ife?'

'Ie.'

'Iawn. Fe ffonia i'r swyddfa fory. Beth yw eich enw chi, os gwelwch yn dda?'

'Mari . . . Mari Rowlands.'

'Diolch. Dai, wyt tithau'n mynd hefyd?'

'Odw. Fi sy'n mynd â Mari i Bontgarreg.'

'Iawn, ond ma ychydig o gwestiyne 'da fi cyn i ti fynd. Be wnest ti gyda'r ceffyle heddi?'

'Dim byd yn wahanol i'r arfer.'

'Sylwest ti ar unrhyw beth rhyfedd?'

'Neu rywun od!' ychwanegodd Celfin, y cwnstabl ifanc, a'i wallt golau, cyrliog yn bownsio ar ei ben.

'Diolch, Celfin,' meddai'r Sarjant yn ffug gwrtais, cyn sibrwd yng nghlust ei bartner, 'Ro'n i'n mynd i ofyn hynna nesa!'

'Drychwch, bois, sylwais i ar ddim byd yn wahanol i'r arfer,' atebodd Dai yn bwyllog. 'Fel dwedes i, roedd heddi'n union fel pob diwrnod arall ac roedd pawb a phopeth yn normal . . . cyn amser swper, beth bynnag!'

'Iawn, Dai. Dyna'r oll sydd angen arna i am nawr. Cer di â Mari draw i'r neuadd. Fe alwa i 'da ti fory er mwyn holi mwy o gwestiynau,' meddai'r Sarjant.

Ffarweliodd pawb â Mari a Dai, ac yna aeth Sêr y Nos ati i esbonio beth yn union ddigwyddodd iddyn nhw yn ystod y noson gyffrous.

Ymhen awr a hanner roedd y ddau heddwas wedi cofnodi pob dim yn eu llyfrau nodiadau ac yn barod i deithio 'nôl i'r orsaf heddlu yn Aberteifi.

'Beth am y cylch allweddi, Sarj?' cofiodd Celfin yn sydyn.

'O ie, well i ni beidio ag anghofio hwnnw. Ewn ni ag e er mwyn gweld os oes unrhyw olion bysedd arno fe,' meddai Aled gan estyn bag plastig clir o'i boced a rhoi'r tag metel i mewn ynddo'n ofalus. 'Er, mae'n siŵr na fydd unrhyw olion ar ôl arno nawr bod cymaint wedi cyffwrdd ag e.'

'Ond dim ond Mari wnaeth ei gyffwrdd,' dywedodd Belinda'n bendant. 'Ac fe wnaeth hi ei gario mewn hances boced.'

'Roedd hynny'n syniad da,' canmolodd y Sarjant. 'Ond mae'n siŵr fod degau o olion bysedd arno'n barod. Mae'n annhebygol iawn y down ni o hyd i rai'r dihiryn.'

Edrychodd y criw ar ei gilydd a sylwodd y Sarjant ar wynebau siomedig pob un ohonyn nhw. 'Peidiwch â phoeni, rydych chi wedi bod yn help mawr i ni. Byddwn yn cysylltu â chi os bydd angen i ni ofyn unrhyw beth arall.'

Gadawodd y Sarjant a'r Cwnstabl yn eu car heddlu â'r cliw metel yn ddiogel mewn bag plastig clir.

'Glywsoch chi'r Sarjant?' gofynnodd Alffi'n gandryll. 'Beth os na fyddan nhw'n dod o hyd i olion bysedd y dihiryn? Beth fydd yn digwydd wedyn? Alla i ddim eistedd fan hyn yn gwneud dim byd! Dw i'n mynd i Gei Newydd y peth cyntaf bore fory!'

16

I'r Cei Amdani

Yn syth ar ôl brecwast fore trannoeth, cychwynnodd y Sêr, Ffion a Matt Brown ar y daith i Gei Newydd. Arhosodd Elen wrth y ffôn yn swyddfa'r gwersyll rhag ofn y byddai rhywun eisiau cysylltu â'r criw. Wedi'r cwbl, byddai'n fwy o hindrans nag o help petai hi'n mynd gyda nhw. Roedd Matt wedi ei siarsio i roi mwy o iâ o gwmpas ei phigwrn bob hyn a hyn er mwyn gwella'r chwydd.

Bwmpiodd y fan ei ffordd ar hyd y lonydd cul nes cyrraedd y ffordd fawr, a chyn bo hir roedd pawb yn gallu gweld arwydd y pentref yn y pellter. Dim ond ugain munud gymerodd y daith gyfan, ond roedd yr ugain munud hwnnw'n teimlo mwy fel ugain awr i Alffi. Roedd e ar bigau'r drain eisiau cyrraedd y Cei cyn gynted â phosib er mwyn dod o hyd i ragor o gliwiau.

Gan mai diwrnod braf ar ddiwedd Mai oedd

hi, roedd Cei Newydd yn llawn pobl oedd ar eu gwyliau yn yr ardal. Cafodd Matt ychydig o drafferth i ddod o hyd i le parcio, felly neidiodd pawb allan o'r fan er mwyn peidio â gwastraffu amser, a gadael iddo fynd i chwilio am le gwag ar ei ben ei hun. Ymunodd y criw â'r dorf oedd yn crwydro ar hyd y strydoedd cul. Ond yn lle chwilio am fargen mewn siop, neu fynd i gael paned fel pawb arall, roedd y criw'n chwilio am rywle oedd yn llogi pethau ychydig yn fwy cyffrous. Cerddon nhw mor gyflym â phosib ar hyd y strydoedd gan gadw'u llygaid led y pen ar agor.

'Am le bach, mae 'na nifer fawr o siopau a busnesau yma,' meddai Ffion Harri mewn syndod. 'Byddwn ni'n chwilio am oriau . . .'

'Na fyddwn, 'co fe!' meddai Gwion yn gyffrous, gan bwyntio at ddrws oedd wedi'i guddio yng nghanol rhes o siopau bach ar un o'r strydoedd mwyaf prysur. Uwchben y drws roedd arwydd glas â llun haul melyn, disglair ar y top ac ysgrifen goch a melyn arno.

Hurio Hwyl yn yr Haul

'O weld maint y drws, dw i ddim yn credu bod digon o le i ni i gyd mewn fan'na,' awgrymodd

Ffion gan droi at Belinda, Gwion ac Alffi. 'Cerwch chi i mewn i weld os gallwch chi gael mwy o wybodaeth am bwy bynnag wnaeth logi'r jet-ski neithiwr. Arhoswn ni fan hyn i gadw llygaid ar bethe.' Nodiodd y lleill eu pennau'n gytûn.

Canodd cloch fach yn rhywle wrth i Gwion agor y drws, ond ddaeth neb i'r golwg yn syth. Cerddodd y tri ffrind ar hyd coridor cul cyn cyrraedd ystafell anferth oedd yn llawn offer cyffrous.

'Mae hwn fel Tardis Dr Who!' ebychodd Alffi fel bachgen bach oedd wedi darganfod ystafell ddirgel yn llawn o'i hoff deganau.

'Ga i'ch helpu chi?' meddai llais fel Dalek y tu ôl iddyn nhw.

Neidiodd Belinda mewn braw a gafael yn dynn ym mraich Gwion.

'O! Mae'n flin gen i. Dim ond cael tipyn bach o hwyl o'n i ar ôl clywed am y Tardis!'

Trodd y tri ffrind a gweld dyn cyfeillgar yn ei ugeiniau cynnar yn gwenu'n braf arnyn nhw. Roedd ei wallt melyn, ei groen lliw caramel, a'i ddillad trendi yn hollol nodweddiadol o'r hyn y byddech yn ei ddisgwyl o bryd a gwedd dyn oedd yn gweithio mewn siop o'r fath. 'Sam yw'r enw. Sbort yw'r nod!'

'Haia Sam,' meddai Gwion. 'Beth yw'r drefn os byddwn ni eisie llogi jet-ski?'

'Y'ch chi eisie un yr un, neu y'ch chi'n bwriadu rhannu?'

'Dy'n ni ddim yn siŵr eto, mae'n dibynnu ar y gost.'

'Wrth gwrs,' dywedodd Sam. 'Wel beth 'yn ni'n neud fel arfer yw gofyn am ffurf o ID a cherdyn credyd. Wedyn, mae'n dibynnu am sawl awr ry'ch chi eisie llogi'r jet-ski. Mae'n costio hanner can punt yr awr, deg punt am bob person ychwanegol, a chan punt fel blaendal. Ond ar ôl neithiwr falle dylen ni ailedrych ar y drefn yna.'

'Beth ddigwyddodd neithiwr?' holodd Belinda'n ddiniwed.

'Aeth un o'r jet-skis ar goll.'

'Beth, colli'r ffordd?' gofynnodd Gwion yn ceisio peidio â swnio'n rhy frwdfrydig.

'Na, na. Ry'n ni wedi colli un o'r jet-skis. Aeth dyn o 'ma brynhawn ddoe yn dweud ei fod e'n bwriadu pysgota mecryll ar hyd yr arfordir dros nos. Roedd e fod i ddod â'r peiriant 'nôl y peth cynta bore 'ma ond sdim sôn wedi bod amdano fe na'r jet-ski yn unman.'

Yn sydyn, dechreuodd ffôn symudol Sam ganu.

'Esgusodwch fi am eiliad,' dywedodd Sam wrth y plant wrth estyn am ei ffôn. 'Helô . . . Ie, Sam Dyfed, Hurio Hwyl yn yr Haul . . . Do, Sea-Doo GTI . . . Oes rhif naw ar ei ochr . . ? Grêt, ble mae e . . ? Yn Aberaeron?! Aeth e mas brynhawn ddoe i fachan o'r enw . . .' Edrychodd Sam yn ei lyfr nodiadau oedd ar ddesg yng nghornel yr ystafell. 'Edward Rich o Fachynlleth. Wel dyna beth mae'n ei ddweud ar yr ID a'r cerdyn credyd rhoddodd e i mi ddoe, beth bynnag . . . Tua deg ar hugain, gwallt byr tywyll, tua'r un taldra â fi sef chwe throedfedd un fodfedd. Doedd e ddim yn siarad Cymraeg, ond roedd acen ogleddol eitha cryf 'da fe pan oedd e'n siarad Saesneg. Ro'n i'n amau taw Cymro oedd e . . . Wel, roedd un peth yn od. Dwedodd e fod yn well 'da fe hedfan neu hwylio na cherdded. Roedd rhywbeth rhyfedd am y bachan . . . Pleser . . . Diolch, Sarj . . . Fe wna i ddod draw i'w gasglu e prynhawn 'ma. Diolch, hwyl.'

Rhoddodd Sam ei ffôn yn ôl yn ei boced. 'Sori am hynna. Wrth lwc, mae'r heddlu wedi dod o hyd i'r jet-ski,' meddai.

'Yn Aberaeron?' gofynnodd Alffi.

'Ie, yng nghanol yr harbwr! O leia bydd hi'n eitha hawdd i'w gasglu e o fan'na. Mae'r marina yng nghanol y dre, felly mae'n hawdd cyrraedd y lle . . . ac yn hawdd dianc o 'na hefyd, ar ôl meddwl . . . Nawr 'te, beth y'ch chi am wneud am y jet-skis?'

'Mm, a bod yn onest, mae e bach yn fwy drud nag o'n i wedi'i ddisgwyl, Sam,' atebodd Gwion. 'Well i ni safio bach mwy o arian yn gynta.'

'Gallech chi wastad fynd i ganŵio!' cynigiodd Sam yn ddireidus.

'Diolch, Sam. Falle tro nesa,' meddai Belinda'n siriol cyn troi am y coridor cul ac i ffwrdd â nhw.

Y tu allan i'r siop roedd Ffion a Matt wedi bod yn trafod beth i'w wneud nesa. Aeth Ffion i chwilio am fan tawel er mwyn ffonio rhif pencadlys BB. Roedd hi eisiau gofyn iddo am gyngor.

'Dw i am i ti lawrlwytho app newydd ar dy ffôn,' dywedodd BB wrthi.

'O'r gorau,' meddai Ffion yn ansicr. 'Pa fath o app?'

'App yw hwn sy'n caniatáu i ti drawsnewid llun ar dy gamera yn ddelwedd Infra-red, sy'n golygu y byddi di'n medru gweld ein ffrind yn fwy clir yn y tywyllwch. Cer i 'ngwefan i er mwyn cael y cyswllt digidol.'

'Cŵl!' oedd ymateb Ffion. 'Fe wna i fe'n syth.'

'Iawn. Ond wrth i ti wneud hynna, edrycha ar y lluniau dynnaist ti ar gopa'r Wyddfa. Falle gei di fwy o wybodaeth amdano fe ar yr un pryd. Rho alwad i mi os gweli di unrhyw beth diddorol.'

'Ok, diolch BB. Hwyl.'

'Newyddion da?' holodd Matt, oedd wedi dod draw i holi beth oedd cyngor BB. Ond wnaeth Ffion ddim ateb. Roedd hi'n rhy brysur yn chwilio am y cyswllt ar wefan arbennig BB. Daeth o hyd iddo'n weddol hawdd, ac o fewn dim roedd yr app newydd sbon ar ei ffôn.

Aeth ati'n syth i astudio a chymharu'r ddwy set o luniau tywyll roedd hi wedi'u tynnu. Roedd y delweddau'n llawer mwy clir y tro hwn ac roedd modd gweld manylion newydd. Er nad oedd y lluniau'n ddigon da i weld wynebau'r ddau ddyn, roedd yr app yn galluogi Ffion i astudio'u dillad yn fanwl. Roedd y ddau ddihiryn wedi'u gwisgo mewn du o'u corun i'w traed – dewis doeth ar gyfer rhywun sy'n ceisio osgoi tynnu gormod o sylw atyn nhw'u hunain. Hetiau, siacedi, menig, trowsus ac esgidiau . . . na, nid esgidiau ond bŵts. Er bod y dillad yn wahanol, sylwodd fod y ddau wedi dewis gwisgo bŵts tebyg iawn, os nad yn union yr un fath.

Wrth edrych ar un o'r lluniau o'r jet-ski, chwyddodd Ffion y llun o droed y dyn mor fawr â phosib er mwyn gweld sawdl y bŵt. Roedd y gair 'JORDAN' i'w weld yn glir. Edrychodd yn syth am lun o sawdl y dyn ar waelod yr Wyddfa. Aeth trwy bob llun yn ofalus, ond doedd dim modd gweld o dan ei draed.

'Na!' ebychodd yn rhwystredig.

'Alla i helpu?' gofynnodd Matt.

'Sut mae gweld sawdl esgid os yw'r droed yn y ffordd?' gofynnodd Ffion cyn mynd ati i esbonio ychydig o'r hyn roedd hi'n ceisio'i wneud.

'Pam nad edrychi di yn y mwd?' awgrymodd Matt.

'Be?!'

'Wel, pan o'n i'n y fyddin, ro'n i'n gorfod chwilio am draciau yn y mwd er mwyn eu dilyn. Sdim ots pa mor ofalus yw'r gelyn, does dim modd iddo osgoi gadael olion traed yn rhywle.'

'Ti'n *genius*, Matt Brown!' meddai Ffion wrth ei bodd, cyn rhoi cusan ar ei dalcen.

Edrychodd Ffion ar y lluniau unwaith yn rhagor, ond y tro hwn roedd hi'n ceisio dod o hyd i lun oedd yn dangos esgid oedd wedi symud digon er mwyn iddi allu gweld y llawr yn glir.

'O'r diwedd!' meddai wrthi'i hun yn dawel

pan ddaeth o hyd i'r hyn roedd hi'n chwilio amdano. Chwyddodd ardal fach o fwd yn y ddelwedd 3D, Infra-red yn fwy o faint. Gwelodd lythrennau rhyfedd ar y sgrin ond roedd Ffion yn ddigon craff i sylweddoli mai adlewyrchiad o'r gair 'JORDAN' oedden nhw! Roedd hwn yn ddarganfyddiad gwych! Cyn iddi gyffroi'n ormodol, defnyddiodd ei ffôn unwaith eto er mwyn gwneud ymchwil ar y we i chwilio am y math o fŵts roedd y ddau ddihiryn yn eu gwisgo. Chymerodd hyn ddim llawer o amser, diolch byth, a chyn pen dim roedd hi'n darllen rhagor o wybodaeth am fath arbennig o esgid, sef 'Nike Air Jordan Winterized Spizike'.

Aeth ati i ffonio BB ar unwaith er mwyn disgrifio'i darganfyddiad diddorol.

'Dewch adre ar unwaith,' mynnodd hwnnw, cyn diffodd yr alwad.

'Hei! Mae'n rhaid i ni fynd i Aberaeron yn syth!' meddai Alffi'n frysiog wrth gerdded tuag at Ffion a Matt.

'Na, Alffi, mae BB yn dweud bod yn rhaid i ni fynd adre. Mae e wedi bod yn gwylio'r cwbwl drwy'r camerâu, a sdim rhagor gallwn ni wneud fan hyn,' dywedodd Ffion yn bwyllog. 'Matt, cer i nôl y fan, plîs.'

'Ond, Ffion!' protestiodd Alffi. 'Mae'r jet-ski yn Aberaeron. Falle bod 'na gliwiau eraill yno hefyd! Mae'n rhaid i ni fynd i weld.'

'Ry'n ni'n mynd i nôl Elen, wedyn ry'n ni'n mynd adre, a dyna ddiwedd arni!' atebodd Ffion yn bendant.

17

Teithio Adref

'Pam ar wyneb y ddaear fyddai rhywun eisie dwyn ceffylau gwersyll yr Urdd?' holodd Gwion mewn penbleth llwyr.

Ar ôl casglu Elen o Langrannog tua hanner awr yn gynharach, roedden nhw bellach ar eu ffordd adref. Roedd pawb wedi bod yn trio meddwl am ateb i'r cwestiwn hwnnw, ond doedd neb yn gallu deall y peth.

'Mae'n amlwg fod rheswm gan Edward Rich, neu beth bynnag yw ei enw,' dywedodd Alffi'n bwdlyd wrth eistedd yn sedd gefn y fan a golwg sur ar ei wyneb. Doedd e ddim yn hapus o gwbl nad oedden nhw'n mynd i Aberaeron i chwilio am gliwiau. Ac a bod yn onest, doedd e ddim wedi dweud rhyw lawer wrth neb yn ystod yr awr ddiwethaf.

'Sonioch chi rywbeth am hedfan a hwylio?' gofynnodd Matt yn sydyn.

Roedd Belinda eisoes wedi rhoi crynodeb cyflym i Ffion a Matt o'r hyn roedd Sam wedi'i ddweud wrthyn nhw yn y siop, ond doedd hi ddim wedi cael cyfle i sôn am yr holl fanylion.

'Fe ddysgon ni lawer o bethau diddorol pan oedd Sam yn siarad ar y ffôn gyda'r heddlu. Y peth mwyaf rhyfedd glywson ni oedd bod Edward Rich wedi dweud wrth Sam fod yn well ganddo hedfan a hwylio na cherdded.'

'Hei, sôn am hedfan, trueni nad oedd y rocedi 'da ni neithiwr. Bydden ni wedi gallu mynd ar ôl Mr Rich a'i ddal yn hawdd,' meddai Alffi.

'Efallai na fyddwn i'n gloff, chwaith!' dywedodd Elen yn ddigalon.

'O! chi â'ch dwli,' meddai Belinda, gan biffian chwerthin. 'Fydden ni byth wedi gallu defnyddio'r rocedi o flaen pawb arall! Byddai BB yn gandryll tase fe'n eich clywed chi'n awgrymu'r fath beth.'

'Pam o't ti'n holi am yr hedfan a'r hwylio, Matt?' gofynnodd Gwion i'r gyrrwr, gan geisio gwyro'r sgwrs i'r trywydd iawn.

'Dw i ddim yn siŵr os yw hyn yn berthnasol, ond pan o'n i yn y fyddin roedd yn rhaid i ni wneud llawer o gerdded. Felly, pan oedd y criw yn cael cyfle i hedfan neu hwylio i rywle, roedd pawb wrth eu bodd.'

'Wyt ti'n meddwl bod Edward Rich wedi bod yn y fyddin, 'te?' holodd Gwion.

'Mae'n bosib. Ei weld e'n rhyfedd odw i ei fod e wedi dweud y geiriau 'na – yr union eiriau ro'n i'n arfer eu dweud mor aml.' Wrth iddyn nhw ystyried y posibilrwydd eu bod nhw'n chwilio am gyn-filwr, rhoddodd Belinda sgrech fach.

'Pam na feddylion ni am hyn yn gynharach?!' gofynnodd i'r lleill yn llawn cynnwrf. Edrychodd y criw arni'n ddisgwylgar. 'Mae'n gwneud synnwyr perffaith!' ychwanegodd yn araf, gan sibrwd y frawddeg a'i llygaid mor fawr â dwy soser. Ond wnaeth hi ddim ymhelaethu, dim ond edrych ar bawb a gwenu o glust i glust.

'Wyt ti'n mynd i ddweud wrthon ni neu be?!' gofynnodd Alffi'n ddiamynedd.

'Wel . . . roedd y dyn ar y jet-ski yn hoffi hwylio, on'd oedd e?'

'Ooeedd . . .' atebodd y lleill fel parti cydadrodd.

'Ac mae'n amlwg fod y dyn ar yr Wyddfa . . . yn hoffi . . . hedfan!' dywedodd Belinda â gwên gyfrwys ar ei hwyneb. Syllodd y criw arni'n gegrwth.

'Paid â hyd yn oed . . .' diystyrodd Alffi ei syniad yn syth. Ond cyn iddo allu dweud dim mwy, torrodd Gwion ar ei draws.

'Alffi, ma hi'n iawn,' meddai'n syfrdan. 'Beth os taw Edward Rich oedd yr un wnaeth wenwyno'r dŵr?!'

'Ond pam fydde fe'n gwneud hynny?'

'Achos mai dŵr i gerddwyr yw e!'

'Does bosib mai Edward Rich oedd yn gyfrifol am y digwyddiadau ar gopa'r Wyddfa – dim ond am ei fod yn casáu cerdded a cherddwyr?! Mae hynny'n ddwl!'

'Mae un peth yn sicr,' meddai Ffion. 'Roedd Edward Rich yn gwisgo'r un bŵts yn union â phwy bynnag oedd ar gopa'r Wyddfa.'

'Shhhhh!' meddai Matt yn sydyn gan stopio'r fan mewn encilfa wrth ochr yr heol. Tawelodd pawb yn syth ac edrych yn syn ar y gyrrwr. Yr unig beth oedd i'w glywed oedd sain dawel y radio.

'Nawr, i'r rhai ohonoch chi fuodd yn gwrando ar Radio Cymru neithiwr, fe fyddwch chi'n gwybod am y cyffro oedd yn ardal Pontgarreg a Llangrannog . . .'

'Tro'r sain lan!' gwaeddodd Alffi.

'. . . ac yn dilyn y datblygiadau ar ein rhan ni

roedd Mari Rowlands, ymchwilydd gyda'r BBC yn Aberystwyth. Mae hi ar ben arall y lein ar hyn o bryd. Felly, Mari, beth yw'r newyddion diweddara ynglŷn â digwyddiadau neithiwr?'

'Haia Bethan. Wel, mae 'na dipyn o newyddion a dweud y gwir. Mae'r heddlu wedi dod o hyd i'r jet-ski ddefnyddiodd y lleidr i ddianc neithiwr. Cafodd y peiriant ei logi o'r siop "Hurio Hwyl yn yr Haul" yng Nghei Newydd, a daeth i'r golwg yn harbwr Aberaeron bore 'ma. Tua hanner awr yn ôl, cyhoeddodd yr heddlu eu bod nhw eisie siarad â dyn o'r enw Mr Edward Rich am ddigwyddiadau neithiwr. Mae o tua deg ar hugain mlwydd oed, ychydig dros chwe throedfedd o daldra, â gwallt cwta, tywyll. Mae'n debyg ei fod o'n dod o ardal Machynlleth. Mae'r heddlu'n gofyn i unrhyw un sydd ag unrhyw wybodaeth i gysylltu â nhw cyn gynted â phosib.'

'Diolch yn fawr i ti, Mari. Cyn i ti fynd, beth oedd canlyniad y pleidleisio neithiwr yn y gystadleuaeth ym Mhontgarreg?'

'Yng nghanol yr holl gyffro neithiwr, roedd nifer o bobl, gan gynnwys fi, wedi colli'r canlyniad ar ddiwedd rhaglen Geraint Lloyd. Sêr y Nos, grŵp pop ifanc, ond hynod ddawnus, o Ysgol Rhydfelen, ddaeth i'r brig.'

Newidiodd yr hwyl yn y fan yn syth. Dechreuodd pawb sgrechian a churo dwylo'n wyllt.

'Roedd y grŵp yn digwydd bod yn yr ardal yn ymarfer ar gyfer gig fawreddog Eisteddfod yr Urdd yng Nghanolfan y Mileniwm yr wythnos nesa. Felly caiff ein gwrandawyr gyfle i'w gweld a'u clywed nhw eto'n fuan iawn.'

'Gwych. Wel, llongyfarchiadau mawr i Sêr y Nos. Dewch i ni gael clywed un o'r caneuon ar eu CD newydd, sef "Disgyn o'r gofod" . . .'

'Oedd hi'n werth dod i'r gorllewin 'te?' gofynnodd Ffion.

'Oedd!' gwaeddodd pawb gyda'i gilydd.

'Dere Matt, 'nôl â ni i Bontypridd!'

18

Camerâu a Chacen

Roedd syrpréis annisgwyl yn aros yn y swyddfa i groesawu'r criw ifanc yn ôl o'u hanturiaethau. Wrth i'r fan ddod i stop y tu allan i'r adeilad, dyma lensys camerâu teledu'n troi fel un i wynebu'r criw. Dechreuodd y fflachiadau ddallu Sêr y Nos wrth i newyddiadurwyr di-ri dynnu ffotograffau ohonyn nhw. Doedden nhw ddim wedi disgwyl y croeso hwn o gwbl. Penderfynon nhw anelu'n syth am y swyddfa yn hytrach na cheisio dadlwytho'r fan. Ond doedd y wasg ddim yn mynd i wneud pethau'n rhwydd iddyn nhw. Camodd pawb allan o'r fan a brwydro'u ffordd heibio'r criw o newyddiadurwyr, y camerâu teledu a'r ffotograffwyr. Bu'n rhaid i Matt roi help llaw i Elen gan ei bod hi'n dal i fod braidd yn simsan ar ei thraed.

'Sêr y Nos! Draw fan hyn!' oedd y waedd gan bob un o'r ffotograffwyr fel un côr.

'Beth ddigwyddodd neithiwr?'

'Beth yw'r cysylltiad rhwng y grŵp a dirgelwch y ceffylau?'

'Pa fath o ddyn oedd Edward Rich?'

'Be sydd fwya pwysig i chi – canu neu ddatrys dirgelion?!'

'Pop neu blismona?'

Llifai'r cwestiynau fel un ton, un ar ôl y llall, wrth i aelodau'r wasg weiddi ar draws ei gilydd. Ond yng nghanol y gwallgofrwydd, roedd yn anodd deall y cwestiynau unigol ac yn amhosibl ceisio talu sylw i bob un. Dim ond ar ôl cyrraedd tawelwch y swyddfa gafodd aelodau'r grŵp gyfle i feddwl am y cwestiynau a'r croeso.

'Ffiw! Beth oedd hwnna?! Y Papparazzi ym Mhonty?!' dywedodd Belinda wrth eistedd yn flinedig ar y soffa.

'Shwt o'n nhw'n gwybod?' gofynnodd Elen gan ymuno â hi.

'Mae'r wasg yn cysylltu â'r heddlu bob dydd i holi am y straeon diweddara, gan obeithio cael ecscliwsif,' atebodd Gwion gan rannu un o'r pethau ddysgodd e gan ei dad am ei waith gyda'r heddlu. 'Ac mae'r stori wedi bod ar y radio drwy'r dydd hefyd, cofia.'

'Beth yw "ecscliwsif"?!' holodd Elen.

'Pan dy'n nhw ddim eisiau i unrhyw un arall glywed am ryw stori neu'i gilydd. Maen nhw eisiau cadw popeth yn gyfrinach er mwyn iddyn nhw werthu mwy o bapurau newydd, neu os 'yn nhw am fod yr unig sianel, neu'r gyntaf o leia, â'r stori ar y teledu.

'Weithiau, pan mae'r heddlu eisiau help, maen nhw'n cysylltu â'r wasg. Ac mae'n fwya tebyg taw dyna be sy wedi digwydd gyda'r stori hon.'

'Pam, Gwi?' gofynnodd Alffi.

'Wel, mae hi'n stori berffaith i ddal sylw'r wasg, on'd yw hi? Grŵp pop ifanc sy'n teithio ar hyd y wlad, anifeiliaid mewn perygl, a dyn dirgel yn diflannu fel James Bond ar jet-ski oddi ar draeth bach mewn ardal boblogaidd,' rhesymodd Gwion.

'Mm, mi faswn i eisiau darllen y stori 'na, mae'n rhaid cyfadde,' dywedodd Ffion Harri wrth iddi gysylltu'r cyfrifiadur er mwyn cyfathrebu â BB.

'A finne!' meddai'r llais dros yr uchelseinydd.

'BB!!' gwaeddodd pawb yn hapus.

'Llongyfarchiadau, Sêr y Nos, ar eich llwyddiannau diweddar.'

'Diolch, BB,' meddai Belinda. 'Mae hi wedi bod yn wythnos ddigon prysur!'

'Rwy'n siŵr ei bod hi, Belinda, ond dyw'r gwaith ddim wedi gorffen o bell ffordd! Sut mae'r caneuon yn dod yn eu blaenau ar gyfer yr wythnos nesa?'

'Maen nhw'n swnio'n grêt, BB!' dywedodd Alffi'n llawn brwdfrydedd. 'Maen nhw'n barod! Dim ond cwpwl o ymarferion fydd eu hangen, dw i'n siŵr.'

'Gwych. Ond mae ganddon ni bach mwy o waith i'w wneud ar yr ochr gyhoeddusrwydd . . .'

'Cyhoeddusrwydd, BB?! Dylech chi weld faint o gamerâu sydd y tu allan i'r swyddfa nawr!' Roedd Alffi'n sicr fod y bywyd roc a rôl roedd e wedi breuddwydio amdano wedi cychwyn yn barod!

'Wow, wow, Alffi. Cofia pam fod y wasg yna.'

'Ond BB, mae unrhyw fath o gyhoeddusrwydd yn gyhoeddusrwydd da!'

'A baswn i'n cytuno â'r ymadrodd yna gant y cant fel arfer, ond dyw hon ddim yn sefyllfa arferol.'

Byrstiodd balŵn brwdfrydedd Alffi wrth glywed y frawddeg honno.

'Ond dim ond eisie bod mewn grŵp pop ydw i.' Roedd ei lais yn swnio'n debycach i lais bachgen pum mlwydd oed na seren roc a rôl.

Ymunodd gweddill aelodau'r grŵp pop i'w gefnogi'n syth.

'Alffi, heblaw amdanat ti faswn ni byth wedi llwyddo yr wythnos hon . . .' dywedodd Elen gan roi llaw ar ei ysgwydd.

'Yr holl waith caled yn yr ymarferion wnaeth arwain at y gig ac ennill y gystadleuaeth, ac mae'r diolch i gyd i ti am hynna,' ychwanegodd Belinda Sara.

'Heblaw amdanat ti fasen ni byth wedi achub y ceffylau rhag Edward Rich,' dywedodd Gwion, cyn ychwanegu'n siomedig, 'o'n i'n meddwl dy fod ti'n dechrau mwynhau'r gwaith ditectif.'

Bu tawelwch yn y swyddfa am rai eiliadau.

'Alffi, paid â phoeni,' meddai BB yn gysurlon. 'Dim ond y gerddoriaeth fydd yn bwysig o hyn ymlaen. Falle taw camgymeriad oedd gofyn i chi drio cyfuno'r canu â'r gwaith ditectif. Canolbwyntiwch chi ar wneud eich marc yn gyhoeddus trwy chwarae'r gig orau erioed yng Nghanolfan y Mileniwm!'

'Ond beth am Edward Rich?' gofynnodd Ffion.

'Gadewch chi Edward Rich i mi. Mae gen i ddigon o gysylltiadau pwysig fydd yn gallu helpu . . . Nawr, agorwch y bocs sydd ar y ddesg – a mwynhewch!'

Doedd neb wedi sylwi ar y bocs cyn hyn. Agorodd Ffion ef yn ofalus – roedd cacen ben-blwydd hyfryd y tu mewn. Er mwyn sicrhau bod pawb yn deall mai i Elen oedd y gacen, roedd llun pedol ceffyl arni a dwy ar bymtheg o ganhwyllau yno'n barod i'w cynnau.

'Elen!' ebychodd Gwion gan roi ei law dros ei geg. 'Fe wnes i anghofio'n llwyr am dy ben-blwydd! Ma'n flin 'da fi!'

'A finne 'fyd,' ychwanegodd pawb arall yn ddiffuant.

'Peidiwch â phoeni,' dywedodd Elen gan wenu. 'Mae heddi wedi bod yn wallgo! Dw i'n synnu dim eich bod chi wedi anghofio. Ro'n i bron ag anghofio fy hunan!'

Cyneuodd Matt y canhwyllau a dechreuodd y wledd, gyda Belinda'n arwain y canu. Ar ôl canu 'Hapus Ben-blwydd', un o'r caneuon ar eu CD newydd, a bwyta darn o'r bedol, sleifiodd Alffi i gyfeiriad y drws.

'Ble ti'n mynd nawr?' holodd Gwion yn fusneslyd.

'Dw i'n mynd allan i wneud bach o gyhoeddusrwydd,' atebodd Alffi gan wenu. Roedd hi'n amlwg ei fod e'n teimlo'n hapusach o lawer erbyn hyn.

'Y?'

'Wel, pryd arall gawn ni gyfle cystal â hyn? Mae hanner y wasg genedlaethol y tu allan i'n swyddfa ni ar hyn o bryd! Ac mae gig 'da ni ar un o lwyfannau pwysicaf Cymru yr wythnos nesa. Ond beth am ar ôl 'ny? Mae angen i ni greu bach o heip ar gyfer y daith yn yr hydref . . .'

'Wel, mae digon o ddewis 'da ni,' dywedodd Ffion yn fyrlymus wrth astudio'r negeseuon e-bost ar y cyfrifiadur. 'Mae llwyth o ymholiadau o bob cwr o Gymru wedi cyrraedd y wefan heddi, yn holi a yw Sêr y Nos ar gael i wneud gigs! Hy! Mae nifer o'r negeseuon yn sôn rhywbeth am geffylau neu jet-skis hefyd! Ond mae'r rhan fwyaf o'r bobl eisie prynu CD neu'n holi sut mae lawrlwytho mp3 o'r caneuon.'

'Grêt! 'Na fe 'te, well i mi blesio'r gynulleidfa trwy ddweud wrth bawb bod Sêr y Nos yn barod i ddisgleirio!'

19

Y Paratoadau Olaf

Bu'r wythnos ganlynol yn gyfnod tu hwnt o brysur i bawb. Roedd pob un wrthi fel lladd nadredd yn ceisio dod i ben â'r holl baratoadau mewn pryd ar gyfer y gig. Roedd Alffi yn ei elfen yn siarad â'r wasg, ac eisoes wedi dechrau ar y gwaith o drefnu taith yr Hydref.

Gwaith Gwion oedd cysylltu ag adran dechnegol y ganolfan ond, oherwydd prysurdeb Eisteddfod yr Urdd, roedd hi'n anodd iawn cael gafael yn y person cywir. Ond trwy ddyfalbarhad a digon o amynedd, cafodd afael ar brif dechnegydd y ganolfan ac aeth y trefnu yn ei flaen yn raddol.

Ffion oedd yn goruchwylio pawb, gan gynnig help llaw neu syniadau pan oedd angen. Hi hefyd oedd yn gyfrifol am drefnu ymarferion i'r band pan oedd munud neu ddwy'n rhydd ganddyn nhw. Felly, gyda help Matt, trefnodd Ffion ystafell ymarfer yn Ysgol Evan James. Roedd yr ysgol yn wag ar y pryd gan ei bod hi'n wyliau hanner tymor.

Belinda oedd yn paratoi'r gwaith papur ac yn anfon y CDs i'r ffans, gyda pheth help gan Elen.

'Gobeithio bydd y droed 'ma'n well erbyn nos Wener,' meddai Elen gan wthio CD arall mewn i amlen jiffy. Roedd hi'n dal i fod mewn ychydig o boen wrth gerdded.

'Byddi di'n iawn, siŵr.' Ceisiodd Belinda swnio mor obeithiol â phosib, er ei bod hi'n poeni braidd. Ond doedd hi ddim am ddangos unrhyw ansicrwydd i'w ffrind. 'Roedden ni'n lwcus bod Matt 'da ni pan gwmpest ti.'

'Lwcus iawn,' dywedodd Elen yn ddiolchgar. 'Faswn i byth 'di cyrraedd 'nôl i'r gwersyll hebddo fe, ac roedd e'n gwbod yn union beth i'w wneud, chwarae teg. Ond ma 'nhroed i'n dal i frifo weithiau.'

'Wel, os na orffennwn ni'r rhain yn glou,' dywedodd Belinda gan hanner gwenu, 'bydd yn rhaid i fi roi cic i ti ar dy droed dost! Felly stopia'r holl gwyno 'ma a gwna fwy o bacio!'

Chwarddodd y ddwy'n braf. Roedden nhw wedi dod yn ffrindiau eitha da erbyn hyn ac yn dechrau sylweddoli bod chwerthin gyda'i gilydd yn well o lawer na dadlau.

Yn ddiarwybod i bawb arall, roedd gan Ffion brosiect pwysig arall i'w gwblhau hefyd. Gofynnodd BB iddi barhau â'r gwaith o geisio cael mwy o wybodaeth am Edward Rich, ond doedd hi ddim i fod i ddweud gair wrth y gweddill. Felly, bob hyn a hyn, pan gâi gyfle i ddianc, byddai Ffion yn diflannu trwy ddrws ar ben y grisiau er mwyn cyrraedd stordy bach arbennig iawn. Roedd y drws hwn dan glo ac o'r golwg y tu ôl i fwrdd pren trwm. Doedd dim un o'r lleill wedi sylwi arno o gwbl.

Roedd yr ystafell fach, gyfrinachol hon yn llawn cyfrifiaduron, sgriniau teledu, a channoedd o oleuadau bach yn fflachio. Yn y cefndir, roedd sŵn hymian tawel y peiriannau electronig i'w glywed. Yn yr ystafell hon y byddai Ffion yn gwneud ei gwaith ymchwil, gan ddefnyddio'r ffynonellau di-ri ar y cyfrifiaduron er mwyn dod o hyd i wybodaeth.

Trwy rwydwaith unigryw BB, roedd modd dod o hyd i fanylion pob aelod o'r fyddin er 1952, pawb oedd wedi byw yn ardal Machynlleth er 1940, pob dyn yn Ewrop dros chwe throedfedd o daldra, a manylion gwerthiant pob pâr o fŵts

'JORDAN' ym Mhrydain. Roedd yn gwbl anhygoel faint o gysylltiadau grymus oedd ganddo. Gwaith Ffion oedd creu rhaglen gyfrifiadurol oedd yn gallu derbyn yr holl ddata, a chroeswirio pob enw a phob manylyn ymysg yr holl wybodaeth, er mwyn cynhyrchu rhestr fer o ddynion i'w holi. Roedd y dasg yn un anferthol ac yn mynd i gymryd amser maith i'w chwblhau . . .

✦   ✦   ✦

Roedd pob un o'r criw wedi bod yng Nghanolfan y Mileniwm sawl gwaith o'r blaen i weld rhai o'r sioeau oedd wedi'u cynnal yno dros y blynyddoedd. Ond roedd bod yno yn ystod wythnos Eisteddfod yr Urdd yn brofiad hollol wahanol. Roedd y lle dan ei sang gyda phlant o bob cwr o Gymru yn mwynhau eu hunain yn y ddinas fawr, a'r perfformwyr yn cael cyfle bythgofiadwy i gamu ar un o brif lwyfannau'r wlad.

'Dw i'n cofio gweld Winnie the Pooh yma flynydde'n ôl,' meddai Belinda'n hiraethus. 'Dw i'n siŵr fod yr Americanes oedd yn actio rhan y storïwraig yn siarad Cymraeg hefyd.'

'Ie. Ond nos fory *ti* fydd yn neidio ar y llwyfan, nid Tigger!' dywedodd Alffi gan biffian chwerthin.

'A fi fydd eisiau pŵ!' ychwanegodd Gwion gan wincio.

'Ha ha! Doniol iawn,' meddai Belinda'n wawdlyd.

'Dewch,' meddai Ffion yn awdurdodol. 'Well i ni fynd y tu ôl i'r llwyfan er mwyn gweld sut mae pethau'n gweithio, neu fydd neb yn neidio yma nos fory – Tigger, Pooh neu bwy bynnag!'

Aeth y criw i mewn trwy un o ddrysau gwydr y ganolfan gan edrych ar lythrennau anferth y gerdd ddwyieithog oedd ar flaen yr adeilad.

'Mae'n siŵr taw'r gerdd yma yw'r fwyaf yn y byd!' meddai Alffi'n llawn edmygedd wrth i'r llythrennau ddiflannu uwch eu pennau.

Aeth Gwion yn syth at y ddesg ymholiadau er mwyn cysylltu â'r rheolwr technegol. Cyrhaeddodd y rheolwr o fewn dim o dro, ac arweiniodd ef y criw at yr ardal gefn llwyfan gan esbonio manylion pwysig am y gig o ran yr amseru, yr ystafelloedd gwisgo a'r rheolau iechyd a diogelwch. Dim ond tua chwarter awr gymerodd hyn, gan fod y band wedi hen arfer â gwneud gigs ac yn gyfarwydd iawn â'r drefn erbyn hyn. Diolchodd pawb iddo am ei help.

'Pan o'n i'n fach, fy hoff noson drwy'r flwyddyn oedd Noswyl Nadolig,' dywedodd Belinda a'i llygaid yn sgleinio. 'Ond dw i'n meddwl taw nos fory fydd y noson orau eleni. Fedra i ddim aros!'

'Cyn i chi ddechrau breuddwydio am nos fory, mae angen un ymarfer olaf arnoch chi. Fyddwn ni ddim yn gallu ymarfer fan hyn, felly bydd yn rhaid i ni fynd adref i wneud. Ac wedyn bydd yn rhaid i chi fynd i'r gwely'n gynnar er mwyn cael digon o gwsg cyn y diwrnod mawr,' awgrymodd Ffion yn synhwyrol.

'O'r gorau,' cytunodd Alffi.

Edrychodd Ffion yn syn arno. Doedd hi ddim wedi disgwyl y byddai unrhyw un o'r Sêr yn cytuno â hi. Wedi'r cwbl, roedd hi'n gwybod yn iawn nad oedden nhw'n rhy hoff o fynd i'r gwely'n gynnar.

'Ond dw i'n siŵr fod 'na ddigon o amser i fynd i'r ffair!' awgrymodd Alffi gan roi winc i'r criw. Roedd hi'n amlwg i'r lleill mai tynnu coes oedd e, ond welodd Ffion mohono fe'n wincio.

'Dim o gwbl!' bloeddiodd Ffion. 'Beth petai un ohonoch chi'n cael dolur cyn noswaith y gig? Dim ffiars o beryg!' Trodd ychydig o bobl ddieithr i edrych arni'n ddig cyn gwneud ystumiau i ddweud wrthi am fod yn dawel.

'Mae'n flin gen i. Sori!' meddai Ffion yn dawel ac yn llawn cywilydd. Brasgamodd allan o'r ganolfan â'i phen i lawr. Dilynodd y Sêr hi gan chwerthin am ei phen yr holl ffordd at y fan.

✦　　✦　　✦

Wedi cyrraedd Pontypridd, aeth y band ati i ymarfer am y tro olaf yn Ysgol Evan James. Roedd y criw wedi bod yn tynnu coes Ffion yr holl ffordd adref, felly roedd hi'n ddigon balch o gael dianc am ychydig i'r ystafell gyfrinachol yn y swyddfa. Eisteddodd o flaen y cyfrifiaduron ac astudio'r manylion oedd o'i blaen. Roedd y cyfrifiaduron wedi gwneud eu gwaith yn berffaith ac wedi creu rhestr fer o ddeg enw allan o'r cannoedd o filoedd o enwau posib. Roedd pob un o'r dynion oedd ar y rhestr yn dal, yn gyn-filwyr, wedi prynu pâr o fŵts 'JORDAN', ac wedi byw yn ardal Machynlleth rywbryd yn ystod eu bywydau. Astudiodd Ffion y rhestr yn fanwl.

William Evans
Morris McIntyre
Alwyn Jones
Teddy Richard Lucan
Sam Juliff
Harri Cadwaladr
Siôn ap Iwan
Meilyr Rhys
Carwyn Rhys
John Butler

Teipiodd Ffion yr enwau trwy un o'r cyfrifiaduron unwaith eto, gan ddefnyddio meddalwedd gwahanol y tro hwn. Roedd y meddalwedd clyfar hwn yn gallu tracio'r enwau a darganfod lleoliadau diweddaraf y bobl trwy astudio'u cofnodion banc, cardiau credyd, trwyddedau gyrru a manylion teithio.

Gan nad oedd y rhestr yn un hir, daeth y canlyniadau'n syndod o gyflym. Roedd chwe dyn ar y rhestr wedi gadael y wlad ers rhai blynyddoedd, ac roedd tri o'r enwau oedd yn weddill yn byw yng Nghymru, ond doedd eu cofnodion nhw ddim yn codi unrhyw amheuaeth o gwbl. Felly, dim ond un enw oedd ar ôl – Teddy Richard Lucan.

Doedd manylion y dyn hwn ddim yn gyflawn o bell ffordd. Edrychodd Ffion ar y sgrin yn ofalus gan geisio gwneud synnwyr o'r manylion, ond roedd sawl darn o'r jig-so ar goll. Cafodd y dyn ei eni yn Llundain ym 1980, cyn symud i Benegoes, ger Machynlleth, pan oedd yn blentyn. Ymunodd â'r fyddin pan oedd yn ddeunaw oed a bu'n teithio o amgylch y byd fel rhan o dîm pêl-fasged y fyddin. Ar ôl iddo adael y fyddin symudodd i Abertawe yn 2008, a'r tro olaf iddo ddefnyddio'i gerdyn credyd oedd pan brynodd fŵts 'JORDAN' y flwyddyn honno. Ers hynny, arian parod roedd e wedi'i ddefnyddio i dalu pob bil. Dim ond un llun du a gwyn oedd ar gael ohono, sef llun a dynnwyd ym 1998 pan ymunodd â'r fyddin. Roedd ganddo wallt golau a mwstás bryd hynny. Aeth rhyw gryndod trwy gorff Ffion wrth iddi edrych ar ei lygaid oeraidd. Doedd dim gwybodaeth ychwanegol amdano ar gael.

Edrychodd Ffion ar yr enw unwaith eto – Teddy Richard Lucan. Roedd yn enw eitha anghyffredin. Cofiodd glywed sôn am wleidydd enwog yn America, Teddy Kennedy. Edward Kennedy oedd ei enw go iawn, ond roedd pawb yn ei alw'n Teddy. Tynnodd Ffion anadl ddofn a tharo'r bwrdd o'i blaen mewn anghrediniaeth. Wrth gwrs! Roedd hi newydd sylweddoli rhywbeth allweddol. Edward Richard Lucan . . . Edward Rich!

Brysiodd i ddefnyddio'r meddalwedd olaf cyn gynted ag y gallai, gan fod y rhan hon yn hanfodol er mwyn cwblhau'r broses yn iawn. Roedd BB wedi esbonio wrthi bod pob ffôn symudol yn gadael ei farc ar rwydwaith mawr, a bod hyn yn galluogi cwmnïau ffôn i ddarganfod lleoliadau unrhyw ffôn o fewn yr hanner milltir agosaf. Yn anffodus, roedd y meddalwedd hwn yn fwy cymhleth i'w ddefnyddio a chymerodd beth amser iddi ddeall beth oedd angen ei wneud. O'r diwedd, daeth Ffion o hyd i focs gwag ar y sgrin a theipiodd y cod allweddol ynddo. BB oedd wedi rhoi'r rhifau perthnasol iddi er mwyn iddi allu cysylltu â rhwydweithiau'r cwmnïau ffonau symudol.

Canodd cloch ar y cyfrifiadur i ddangos bod y broses wedi'i chwblhau, ac ymhen hanner eiliad roedd bocs newydd wedi ymddangos ar y sgrin. Edrychodd Ffion yn ofalus ar yr holl fanylion newydd. Trwy lwc, roedd cofnodion ffôn symudol Edward Rich, neu Teddy Richard Lucan a bod yn fanwl gywir, ychydig yn fwy cyflawn, ond roedd rhai pethau od iawn yn eu cylch nhw.

Yn ôl yr wybodaeth hon, roedd e'n newid ei ffôn a'i rif yn aml iawn, bob tri mis gan amlaf. Er hyn, roedd e'n dal i ddefnyddio'i gyfeiriad yn Abertawe. Ond yr wybodaeth fwyaf ddiddorol ynglŷn â'i ffôn symudol oedd y lleoliadau lle defnyddiodd y ffôn yn ddiweddar – llefydd oedd yn cynnwys Caernarfon, Llangrannog ac Aberaeron. Y lleoliad olaf ar y ffôn oedd Bae Caerdydd – y prynhawn hwnnw! Roedd e wedi bod ym Mae Caerdydd ar yr un pryd â chriw Sêr y Nos!

Aeth ias sydyn i lawr asgwrn cefn Ffion. Oedd hynny'n golygu eu bod nhw mewn perygl?!

20

Cyrraedd y Mileniwm

Dechreuodd y diwrnod mawr yn hwyr, gyda phawb yn cwrdd am ginio yn un o gaffis croesawgar Pontypridd. Ond nid pawb oedd yn medru bwyta. Ar ôl cysylltu â BB neithiwr, penderfynodd Ffion beidio â sôn gair am Edward Rich wrth y grŵp. Doedd hi ddim am roi mwy o straen arnyn nhw cyn y noson fawr. Ond, er diogelwch y grŵp, roedd BB wedi rhoi gwybod i griw gwarchod y ganolfan bod posibilrwydd y byddai'r dihiryn yn dod i'r gyngerdd. Rhannodd Ffion y gyfrinach gyda Matt Brown. O leiaf byddai sawl pâr o lygaid yn cadw golwg ar y criw ym Mae Caerdydd.

'Dim ond dŵr i fi, plîs,' dywedodd Belinda'n dawel.

'Belinda, wyt ti'n nerfus?' gofynnodd Gwion yn ddireidus wrth ddarllen y fwydlen yn awchus. 'O'n i'n meddwl bod heddiw'n well na dydd

Nadolig – a dwyt ti ddim yn gwrthod dy ginio Dolig fel arfer! Dw i'n meddwl gaf i'r brecwast mawr!'

'Gwion, paid â thynnu coes Belinda a phaid â bwyta gormod chwaith,' dywedodd Ffion yn awdurdodol.

'Pam lai?'

'Wel, falle bydd angen i ni symud yn gyflym heddi. Ti'm eisie cael dy adael ar ôl, nag wyt?'

'O'r gorau, gaf i'r brecwast bach yn lle 'ny.'

Doedd Gwion ddim yn deall pam fod Ffion yn poeni cymaint am ei stumog. Doedd hi ddim fel arfer yn poeni faint oedd e'n ei fwyta. Efallai ei bod hithau'n nerfus hefyd, meddyliodd. Wedi'r cyfan, er nad oedd Ffion ei hun yn ymddangos ar y llwyfan, roedd hi'n sicr yn rhan bwysig o'r tîm, ac yn sicrhau bod pob dim yn mynd yn iawn i'r lleill.

Ar ôl cinio aeth Matt i nôl y fan er mwyn llwytho'r offer cyn cwrdd â phawb yn Ysgol Evan James a gyrru i Gaerdydd. Ar y prynhawn Gwener hwnnw, roedd traffig dychrynllyd a thagfeydd hir ar y draffordd gan fod pawb yn ceisio gadael y gwaith ychydig bach yn gynt er mwyn mwynhau awr neu ddwy ychwanegol o'r penwythnos.

Wrth iddyn nhw agosáu at y Bae, dechreuodd Ffion a Matt gadw llygaid manwl ar y llu o bobl ar y strydoedd. Roedden nhw'n chwilio am ddyn tal, tua 30 oed â llygaid oeraidd.

Dyw cyrraedd Canolfan y Mileniwm ddim yn dasg hawdd ar yr adegau gorau, ond gan fod Eisteddfod yr Urdd yn cael ei chynnal yn y Bae yr wythnos hon, roedd cyrraedd cefn llwyfan y ganolfan hyd yn oed yn anoddach nag arfer! Roedd yr heddlu wedi cau sawl heol ac roedd y systemau unffordd yn cymhlethu pethau i'r bobl leol, heb sôn am yr ymwelwyr oedd yn ceisio defnyddio'u peiriannau Sat Nav. Ond, diolch byth, roedd Matt wedi gwneud digon o waith ymchwil ymlaen llaw, a chyrhaeddodd y fan yr ardal ddadlwytho mewn da bryd.

Roedd yn rhaid aros i'r cystadlu ddod i ben cyn i'r criw allu gosod yr offer mawr trwm ar y llwyfan. Rhoddodd hyn gyfle iddyn nhw ddysgu mwy am y rhwydwaith o goridorau, y drysau a'r ystafelloedd nad oedd y cyhoedd fel arfer yn eu gweld. Cafodd pob un gerdyn maint cerdyn credyd yr un, i'w galluogi nhw i agor rhai o'r drysau er mwyn crwydro'r adeilad cyfan.

Wrth gerdded ar hyd un o'r coridorau eitha digymeriad yr olwg, sylwodd Alffi ar arwydd y tu allan i ddwy ystafell newid. Yno, mewn llythrennau bras oedd y geiriau:

SÊR Y NOS

'Waw! Drychwch, bois! Ry'n ni'n rhan o'r byd adloniant nawr – mae'n swyddogol!'

'Wow nawr, Alffi,' meddai Gwion ychydig bach yn llai byrlymus, gan geisio cadw'i wallt brown, anniben allan o'i lygaid. 'Dim ond darn o bapur yw e. Gallwn i fod wedi argraffu rhywbeth tebyg gartre.'

'Ie, ond wnest ti ddim, naddo. Ond mae rhywun fan hyn, yng Nghanolfan Mileniwm Cymru, wedi mynd i'r drafferth o wneud arwydd i ni, yn union fel bydden nhw wedi'i wneud i Bryn Terfel, Connie Fisher neu sêr High School Musical!'

Ar ôl camu i mewn i'r ystafell yn llawn cyffro, suddodd calon Alffi. Sylweddolodd yn eitha cyflym nad oedd bod yn rhan o'r byd adloniant, swyddogol neu beidio, yn golygu y byddai pobl yn rhoi siocledi, blodau a gêmau cyfrifiadurol iddyn nhw. Roedd yr ystafell gyntaf yn lân â digonedd o le ynddi. Ar hyd dwy o'r waliau roedd cownteri a drychau â goleuadau di-ri uwch eu pennau. Yng nghanol yr ystafell roedd cypyrddau, a lle i ymolchi yn y pen pellaf. Roedd yr ail ystafell yn ddigon tebyg, ond ychydig yn fwy.

'Drychwch!' meddai Elen yn gyffrous gan gydio mewn amlen oedd yn pwyso ar un o'r cypyrddau. 'Mae rhywun wedi gadael amlen i ni. Tybed oddi wrth bwy mae hi?' Ond cyn iddi gael cyfle i'w hagor dyma Ffion yn ei chipio o'i dwylo.

'Hei!' gwaeddodd Elen yn grac. Roedd calon Ffion yn carlamu wrth iddi agor yr amlen. Beth oedd hi'n mynd i'w ddweud wrth y lleill os mai llythyr bygythiol oddi wrth Edward Rich oedd ynddi? Tynnodd garden allan o'r amlen yn araf ac yn hynod ofalus. Yna rhoddodd ochenaid fawr o ryddhad.

'Mae rheolwr y ganolfan wedi anfon cerdyn o groeso i chi,' dywedodd Ffion wrth y gweddill.

Roedd pawb yn edrych braidd yn amheus arni erbyn hyn ond, wrth lwc, wnaeth neb ddechrau cwestiynu ei hymddygiad ryfedd. Hawliodd y merched yr ystafell newid hon trwy osod eu bagiau ar y cownteri.

'Hy!' wfftiodd Alffi. 'Mae'n amlwg fod y bagiau mae merched yn eu cario i bobman yn dod yn handi weithiau!' Edrychodd Belinda ac Elen yn ddig arno cyn eistedd o flaen y drychau a dechrau twtio'u gwalltiau.

Ond diogelwch, nid dewis ystafelloedd, oedd y peth pwysicaf ar feddwl Ffion. Wrth iddi astudio'r ystafelloedd, sylwodd nad oedd unrhyw ffenestri yn unman. Ond rhywbeth oedd yn peri mwy o ofid iddi oedd y ffaith nad oedd ei ffôn symudol yn gallu derbyn nac anfon negeseuon gan fod y rhan hon o'r ganolfan o dan y ddaear.

Beth oedd bwriad Edward Rich? Roedd e wedi gwneud pethau rhyfedd hyd yn hyn – rhoi gwenwyn mewn poteli dŵr yfed, a dwyn ceffylau. Oedd y ffaith ei fod yn ymwybodol o'r ffaith bod Sêr y Nos yn chwilio amdano yn golygu y byddai'n barod i wneud rhywbeth mwy peryglus? Roedd yr holl beth yn dechrau codi ofn arni.

✦   ✦   ✦

Uwch eu pennau, yng nghanol bwrlwm yr Eisteddfod, roedd dyn tal yn astudio blaen y ganolfan â gwên fileinig ar ei wyneb. Doedd dim owns o ddiddordeb ganddo yn y cystadlu. Roedd e wedi dod yno am reswm arall.

21

Gig y Mileniwm

Bu'n rhaid i'r Sêr aros am oriau cyn ei bod yn amser iddyn nhw fynd ar y llwyfan. Roedden nhw'n ddiamynedd iawn erbyn y diwedd ac, a dweud y gwir, roedden nhw braidd yn grintachlyd hefyd ar ôl yr holl oedi!

Ond am hanner awr wedi saith dechreuodd y gyngerdd. Dau grŵp o'r wythdegau oedd y cyntaf i ymddangos ar y llwyfan, er mwyn apelio at y rhieni oedd yno gyda'u plant. Ac am ddeng munud wedi wyth, daeth ugain munud pwysicaf bywydau'r criw ifanc o Bontypridd. Roedd pob un ohonyn nhw'n sefyll yn nerfus y tu cefn i'r llwyfan yn eu gwisgoedd lliwgar a thrawiadol.

Ond nid nhw oedd yr unig rai nerfus chwaith. Roedd stumogau Ffion a Matt yn troi fel peiriannau golchi a syllai'r ddau'n bryderus ar ei gilydd. Doedd dim un o'r ddau wedi clywed sôn am Edward Rich drwy'r dydd, ond roedden nhw'n sicr ei fod yn y ganolfan yn rhywle. Yn sydyn, daeth sŵn cymeradwyaeth o'r gynulleidfa.

'Ac yn awr,' atseiniodd llais pwerus y cyflwynydd gefn llwyfan, 'ar lwyfan Canolfan y Mileniwm am y tro cyntaf erioed, ond yn sicr ddim am y tro olaf, mae'r grŵp ifanc o Ysgol Gyfun Rhydfelen. Mae Belinda, Elen, Alffi a Gwion wedi bod yn brysur iawn yn ddiweddar. Nid yn unig maen nhw'n cyfansoddi ac yn perfformio caneuon arallfydol, ond maen nhw hefyd wedi bod yn gwneud gwaith cymdeithasol ardderchog trwy ddod o hyd i geffylau Gwersyll yr Urdd yn Llangrannog ar ôl iddyn nhw gael eu cipio – rhywbeth ry'n ni yn yr Urdd yn sicr yn ddiolchgar iawn amdano.'

Dechreuodd y gynulleidfa gymeradwyo'n frwdfrydig yn syth. Roedd cyhoeddusrwydd yr wythnos ddiwethaf a'r daith ysgolion dros fisoedd y gaeaf yn amlwg wedi talu'u ffordd, gan greu ffans i Sêr y Nos ym mhob rhan o Gymru. Ymddangosodd nifer fawr o faneri yn y dorf, yn cynnwys lluniau o sêr o bob math. Sleifiodd Alffi, Gwion ac Elen y tu ôl i'r llen yn dawel bach gan gamu ar y llwyfan a mynd i sefyll yn y mannau priodol.

'Felly, heb oedi dim mwy, rhowch groeso arall-fydol i Sêr y Nos!'

Ffrwydrodd y gymeradwyaeth unwaith yn rhagor, dechreuodd y sgrechian a chododd y llen ar y sêr ifanc. Ymddangoson nhw o'r cysgodion tywyll i lif y goleuadau llachar. Tasgodd rhes o belydrau'n syth i lawr ar y llwyfan, gan awgrymu i'r gynulleidfa ddisgwylgar eu bod nhw'n mynd i gael sioe gyffrous.

Cychwynnodd Alffi â nodau agoriadol y gân 'Disgyn o'r Gofod'. Wrth i Gwion ac Elen ymuno ar y bas a'r drymiau, ymddangosodd Belinda ar raff o'r nenfwd uwchben y llwyfan gan ddisgyn yn raddol o'r gofod anferthol at yr allweddellau.

'Be sydd yn yr awyr?
Be sydd uwchlaw?
Pwy sydd yn cyrraedd?
Pwy . . . sy'n . . . galw . . . draw?'

Unwaith eto, daeth sŵn byddarol o'r gynulleidfa i ddangos eu gwerthfawrogiad o'r cyflwyniad theatrig. Roedd hon yn mynd i fod yn noson fawr. Roedd rhythm pendant yr ail gân yn y set, 'Noson i'w chofio', wedi annog nifer fawr o'r gynulleidfa i godi ar eu traed a neidio i guriad drymiau Elen. Doedd staff y ganolfan erioed wedi gweld cynulleidfa debyg!

Ond sylwodd Matt trwy ei ysbienddrych fod un dyn yn y gynulleidfa yn ymddwyn yn rhyfedd iawn. Doedd e ddim yn neidio fel y bobl ifanc, nac yn eistedd a churo dwylo fel y rhan fwyaf o'r oedolion yn yr awditoriwm, dim ond sefyll a syllu'n ffyrnig ar y grŵp. Roedd e'n edrych fel goleudy yng nghanol y gynulleidfa frwdfrydig.

''Co fe!' sibrydodd Matt yn uchel.

'Ble?' gofynnodd Ffion. 'Dw i'n methu'i weld e yng nghanol pawb.'

'Ar y llawr canol, draw i'r dde, tua saith rhes o'r blaen,' esboniodd Matt gan bwyntio i gyfeiriad Edward Rich yn y gynulleidfa. 'Dw i'n mynd ar ei ôl e.'

'Bydd yn ofalus, Matt. Dwyt ti ddim yn gwybod be wneith e.'

Brysiodd Matt trwy ddrws oedd yn arwain at y grisiau cyhoeddus wrth i'r Sêr gychwyn ar y drydedd gân, 'Wele oleuni yn y wawr'. Wrth i'r goleuadau droelli allan i'r gynulleidfa, gwelodd Ffion fod Matt wedi cyrraedd y llawr canol. Ond roedd rhywun arall wedi'i weld e hefyd. Yn sydyn, symudodd Edward Rich o'i sedd ac anelu at y grisiau.

Ceisiodd Matt ei ddilyn, ond roedd hi'n anodd iawn gwthio yn erbyn llif y gynulleidfa. Symudodd yn araf ar hyd y rhesi, gan bwnio ambell berson yn ddamweiniol ar y ffordd, cyn cyrraedd y grisiau a sboncio mor gyflym â phosib i fyny bob yn ail ris i gyfeiriad y bar. Gwelodd Edward yn rhuthro drwy'r drws ym mhen pella'r ystafell a rhedodd nerth ei draed ar ei ôl. Erbyn iddo gyrraedd y drws roedd Edward wedi cyrraedd gwaelod y grisiau oedd yn arwain at y cyntedd. Neidiodd Matt dros reilen y grisiau a glanio'n galed ar ei ben.

'Dere 'ma y diawl bach!' gwaeddodd Matt arno'n ffyrnig gan ddal ei ddwylo y tu ôl i'w gefn. Syllai gweithwyr y ganolfan yn syn ar y ddau. Clywodd Matt un ohonyn nhw'n gweiddi, 'Ffoniwch yr heddlu!' Rhoddodd ochenaid o ryddhad. Byddai'r dihiryn dan glo cyn pen dim. Ceisiodd Edward Rich wingo o'i afael, ond doedd dim gobaith ganddo. Roedd Matt yn llawer cryfach nag e.

'Mae'r cyfan yn y gorwel,' dywedodd Edward yn dawel.

'Beth?!' bloeddiodd Matt gan afael yn dynn yn ei got.

Ond dim ond ailadrodd ei hun wnaeth Edward Rich. 'Mae'r cyfan yn y gorwel.'

'Be ti'n feddwl, "yn y gorwel"?' gofynnodd Matt yn ddryslyd. 'Dwyt ti ddim yn gwneud unrhyw synnwyr, ddyn!'

Ond wnaeth Edward Rich ddim ymateb, dim ond syllu'n syth o'i flaen.

Eiliadau'n ddiweddarach daeth swyddogion diogelwch y ganolfan draw atynt a gafael yn Edward. 'Fe gadwn ni fe fan hyn nes bydd yr heddlu'n dod. Maen nhw ar fin cyrraedd. Diolch yn fawr am eich help,' dywedodd y swyddog cryfaf yr olwg wrth Matt gan osod llaw gadarn ar ysgwydd Edward Rich ar yr un pryd.

Edrychodd Matt ar Edward Rich. Roedd e'n gorwedd yno a'i lygaid oeraidd yn syllu i'r pellter. Beth yn union oedd e'n feddwl pan ddywedodd e 'yn y gorwel'? Ond doedd dim amser ganddo i feddwl am hynny nawr. Roedd yn rhaid iddo chwilio am Ffion er mwyn dweud yr hanes wrthi.

✦   ✦   ✦

Rhywbeth i bawb oedd cân olaf y Sêr, ac roedd ymateb y gynulleidfa yr un mor wefreiddiol y tro hwn â'r troeon eraill iddyn nhw ei pherfformio.

Bu'n rhaid i Ffion aros tan ddiwedd y gân cyn iddi fedru esbonio'r sefyllfa i Belinda. Cafodd ychydig o funudau i wneud hynny ar ochr y llwyfan tra oedd y gynulleidfa'n curo dwylo, yn sgrechian ac yn siantio 'Sêr y Nos, Sêr y Nos'. Trodd Belinda'n wyn fel y galchen a syllu'n syn ar Ffion. Chafodd Belinda ddim cyfle i ddweud dim achos, yn sydyn, daeth llais dros uchelseinydd y neuadd.

'Dangoswch eich gwerthfawrogiad am set hynod o broffesiynol gan griw mor ifanc. Sêr y Nos!' Roedd y gân wedi dod i ben. Tynnodd Belinda anadl ddofn cyn cerdded yn bwrpasol yn ôl ar y llwyfan tuag at y meicroffon. Yng nghanol sŵn byddarol y gynulleidfa, roedd yn gwbl amhosibl iddyn nhw ei chlywed yn siarad. Defnyddiodd ei breichiau i ofyn i bawb ymdawelu, ac yn raddol bach eisteddodd pawb ar eu seddau unwaith eto a thawelodd y dorf.

'Diolch,' dywedodd Belinda yn werthfawrogol. 'Diolch yn fawr iawn. Ry'n ni mor falch eich bod chi wedi mwynhau. Ond mae gennyn ni broblem. Mae'n debyg fod 'na ddyn wedi bod yn ein dilyn ni ers i ni ddod yn ôl o Langrannog.

Mae'r heddlu wedi bod yn chwilio amdano hefyd, ers y digwyddiad gyda'r ceffylau yng Ngwersyll yr Urdd Llangrannog. Mae'n galw'i hun yn Edward Rich, ond mae'n debyg taw Teddy Richard Lucan yw ei enw iawn. Rydw i newydd gael gwybod ei fod e wedi bod yma heno.' Dechreuodd y gynulleidfa anesmwytho. 'Ond peidiwch â phoeni, mae'r heddlu wedi cael gafael arno fe.' Cymeradwyodd y gynulleidfa unwaith eto.

'Mae e dan glo erbyn hyn. Os gwnaeth unrhyw un ohonoch chi sylwi ar rywun yn ymddwyn yn rhyfedd neu'n amheus, bydden ni'n ddiolchgar iawn petaech chi'n dweud wrth yr heddlu cyn i chi adael yma heno. Maen nhw'n aros yn y cyntedd ar y llawr gwaelod yn barod i siarad ag unrhyw un ohonoch chi. Diolch yn fawr. Nos da.'

22

Y Cymorth Olaf

'Felly mae Edward Rich–' gwaeddodd Gwion yng nghefn y llwyfan, dros sain cerddoriaeth y band nesaf i ymddangos.

'Teddy Richard Lucan,' cywirodd Ffion ef gan dorri ar ei draws.

'Beth bynnag yw ei enw. Mae e wedi bod yn ein dilyn ni ers dyddiau, ond wedaist ti ddim gair wrthon ni!'

'Do'n i ddim eisiau achosi mwy o gur pen i chi cyn heddi, 'na i gyd.'

'Wel, drycha be mae hwnna wedi'i achosi nawr!'

'Chwarae teg i Ffion, Gwi. Meddwl amdanon ni oedd hi. Dw i'n siŵr ei bod wedi gwneud popeth posib,' meddai Elen.

'Do, mi wnes i. Ond doedd dim lot o'n i'n gallu'i wneud heddi gyda chi fan hyn.'

134

'Beth yn union wedodd e wrthot ti, Matt?'
gofynnodd Alffi.

'Mae'r cyfan yn y gorwel,' atebodd Matt.

'Mae "*yn* y gorwel" yn anghywir,' dywedodd
Belinda. '*Ar* y gorwel sy'n gywir.'

'Ond dyna'r union eiriau ddefnyddiodd e.
Ches i ddim amser i ofyn iddo fe beth oedd
hynny'n ei feddwl.'

Doedd neb yn deall arwyddocâd y neges.

✦   ✦   ✦

Ar y llawr gwaelod, yng nghyntedd y ganolfan,
roedd llinell hir o bobl yn ymffurfio. Ond, yn
anffodus, doedden nhw ddim wedi dod yno i
helpu'r heddlu. Eisiau cwrdd â Sêr y Nos oedden
nhw er mwyn ceisio cael llofnod, neu'n well fyth
cael tynnu llun gyda'u harwyr. Roedd pob un yn
gobeithio y byddai'r perfformwyr yn dod i lawr
atyn nhw.

Doedd y swyddogion diogelwch, ar y llaw
arall, ddim yn hapus o gwbl wrth weld yr holl
hysteria yn y ganolfan. Penderfynon nhw glirio'r
cefnogwyr brwdfrydig allan o'r cyntedd, ond
wrth iddyn nhw wneud hynny bu bron iawn

iddyn nhw golli'r wybodaeth hanfodol roedden nhw'n chwilio amdani.

'Welais i ddyn yn taflu pêl at wal,' meddai bachgen ifanc tua deg oed oedd yn ceisio dal sylw un o'r swyddogion diogelwch ar ochr arall y cyntedd.

'Drych 'ma, gwd boi, dyw Sêr y Nos ddim yn mynd i ddod mas fan hyn i roi llofnod i ti nac unrhyw un arall, felly sdim rhaid i ti ddweud celwydde wrtha i,' meddai'r swyddog crintachlyd wrtho'n flin.

'Nid stori yw hi. Welais i ddyn yn taflu pêl at wal, ond ddaeth hi ddim i lawr eto,' pwysleisiodd y crwt. 'A beth bynnag, dw i wedi cael llofnod dau o'r Sêr yn barod.'

'Beth?' gofynnodd y swyddog yn ddiamynedd.

'Fe ges i lofnodion Alffi a Gwion bythefnos yn ôl.' Roedd y balchder yn amlwg yn llais Eirian Siôn, y bachgen oedd wedi gweld y Sêr ar eu ffordd i Langrannog.

'Eirian, fan hyn wyt ti! Dere i weld gweddill y sioe.' Roedd menyw fach dwt, drwsiadus yn cerdded tuag atyn nhw. 'O sori, mae e'n dwlu ar Sêr y Nos ch'wel. Nawr, dere Eirian, paid â gwastraffu amser y dyn prysur 'ma.'

'Ond Mam, cyn i'r sioe ddechrau fe welais i ddyn tal â gwallt golau yn taflu pêl at y cylch yn y llythrennau yn y wal. Ddaeth y bêl ddim yn ôl i lawr, ond doedd y dyn ddim i weld yn poeni o gwbl. Cerddodd e i ffwrdd fel petai dim wedi digwydd. Taswn i wedi colli pêl, baswn i wedi chwilio am ffordd o'i chael hi 'nôl yn syth!'

'Pa lythrennau ddwedaist ti?' gofynnodd y swyddog diogelwch.

'Y llythrennau mawr sy lan lofft,' atebodd Eirian.

'Dewch gyda fi,' oedd ymateb swrth y swyddog.

Aeth y swyddog gydag Eirian a'i fam i fyny'r grisiau o'r cyntedd i'r llawr cyntaf ac yna i'r ail lawr. Ar y ffordd, cysylltodd y swyddog â gweddill y tîm diogelwch a'r heddlu dros ei *walkie-talkie*. Ymhen eiliadau roedd y bar ar yr ail lawr yn llawn pobl mewn siacedi llachar, melyn.

Diolch i ffôn arbennig Ffion, clywodd hithau'r neges hefyd. Felly, o fewn dim o dro, ymddangosodd Sêr y Nos, Matt a Ffion yn y cyntedd heb wneud smic o sŵn.

'Alffi! Gwion!' gwaeddodd Eirian yn llawn cynnwrf pan sylwodd ar ei arwyr yn sefyll y tu ôl iddo.

'Haia . . .'

'Eirian,' sibrydodd fam y bachgen yng nghlust Alffi.

'O ie, Eirian. Ry'n ni wedi cwrdd â ti o'r blaen!' meddai Alffi'n gyflym. Doedd e ddim eisiau i'r bachgen wybod ei fod e wedi anghofio'i enw.

'Nawr 'te, mae hyn yn bwysig iawn,' meddai Gwion yn ddifrifol. 'Beth welaist ti Edward Rich yn ei wneud, Eirian?'

'Chi'n gwybod y llythrennau sydd ar flaen yr adeilad?' gofynnodd Eirian.

'Ydyn,' atebodd pawb gyda'i gilydd. Roedd y llythrennu enfawr hyn i'w gweld y tu mewn a'r tu allan i'r adeilad ysblennydd. Yn wir, roedd modd gweld rhan o bob llythyren ar bob llawr gan eu bod nhw mor anferth.

'Fe welais i e'n taflu pêl at y cylch bach sydd yng nghanol yr 'O' cyntaf yn y gair HORIZONS.'

'Y gorwel!' gwaeddodd Matt Brown. 'Horizon yw'r gair Saesneg am "gorwel"! Dyna beth oedd Edward Rich yn ei feddwl pan ddwedodd e "Mae'r cyfan yn y gorwel"!'

23

Bygythiad y Bêl

Rhedodd Matt i fyny'r grisiau at y llawr nesaf tra oedd aelodau Sêr y Nos yn siarad ag Eirian. O'r fan honno roedd e'n gallu edrych i lawr ar y cylch bach yng nghanol y llythyren 'O' yn HORIZONS. Cysylltodd â Ffion ar ei ffôn symudol yn syth er mwyn dweud y newyddion wrthi.

'Dw i'n gallu gweld y bêl! Ond mae'n rhy bell i mi ei hestyn,' meddai'n gyffrous.

'Paid â symud o'r fan,' gorchmynnodd Ffion yn awdurdodol. 'Gwna'n siŵr nad oes neb yn mynd yn agos at y lle. Iawn?'

'Iawn.'

'A Matt?'

'Ie?'

'Bydd yn ofalus,' dywedodd Ffion yn dawel.

'Paid â phoeni amdana i,' atebodd Matt yn ddewr. 'Mi fydda i'n iawn.' Stopiodd Ffion yr alwad ffôn a gwneud ystumiau ar Sêr y Nos i ddod draw. Roedd golwg gyffrous ar wyneb pob un. Esboniodd y sefyllfa wrthyn nhw.

'Ond pam daflodd e bêl yn y lle cyntaf?' gofynnodd Belinda'n ddryslyd.

'Roedd e'n arbenigwr ar chwarae pêl-fasged yn y fyddin,' cofiodd Ffion Harri. 'Ond dw i'n amau'n fawr taw pêl oedd e'n ei thaflu!'

'Ond roedd Eirian wedi gweld Edward Rich yn taflu pêl ac mae Matt wedi'i weld nawr hefyd,' dywedodd Elen.

'Beth arall sy'n edrych fel pêl? Bang!' sibrydodd Ffion wrth griw Sêr y Nos, a golwg bryderus ar ei hwyneb.

Deallodd Alffi y perygl yn syth. 'Byddai'n well i ni rybuddio'r heddlu a'r swyddogion diogelwch.' Aeth draw i siarad ag un o'r dynion oedd yn gwisgo siaced felen lachar. Ar ôl esbonio'r sefyllfa aeth y ddau draw at Eirian a'i fam. Ceisiodd Alffi feddwl am ffordd o ddiogelu'r ddau heb godi ofn arnyn nhw. Roedd yn rhaid iddo eirio hyn yn ofalus.

'Eirian, diolch yn fawr i ti am bob dim,' dywedodd Alffi'n ddiolchgar gan roi llaw ar ysgwydd y bachgen ifanc. 'Rwyt ti wedi bod yn help mawr i ni. Ond nawr ein bod ni wedi dod o hyd i'r bêl does dim angen i ti aros yma. Felly . . . beth am i ti a dy fam fynd gyda'r plismon 'ma, ac fe welwn ni di cyn bo hir. Dw i'n addo y gwnawn ni gysylltu â ti wythnos nesa. Ti wedi bod yn ffrind da i ni heno.'

'O grêt!' dywedodd Eirian yn frwdfrydig cyn troi at ei fam â gwên fawr ar ei wyneb. 'Glywaist ti hynna, Mam? Mae Sêr y Nos yn ffrindiau 'da fi!'

'Do, Eirian bach,' atebodd ei fam yn siriol. 'Dere, mae'n bryd i ni fynd. Diolch Alffi, diolch i chi i gyd.'

Wrth i'r plismon arwain Eirian a'i fam allan o'r adeilad, daeth un o'r swyddogion diogelwch draw i siarad ag Alffi. Roedd gweddill yr heddlu a'r swyddogion eraill yn brysur yn siarad ar eu setiau radio ac yn ceisio ffurfio cynllun. 'Ar hyn o bryd mae'r adeilad yn cael ei wacáu rhag ofn mai bom yw'r bêl,' esboniodd y swyddog cyhyrog. 'Mae'r theatr yn wag yn barod, ac mae pawb wedi ymgasglu yn y cyntedd. Ymhen dwy funud fydd neb ar ôl yn y adeilad oni bai am yr heddlu a'r swyddogion diogelwch –'

'Ond ry'n ni eisiau aros hefyd,' torrodd Alffi ar ei draws.

Cododd y swyddog diogelwch ei law gan roi taw ar brotestio Alffi'n syth. 'Peidiwch â phoeni,' meddai. 'Mae'r heddlu wedi cael cyfarwyddyd manwl gan y pennaeth. Am ryw reswm, ry'ch chi'n cael aros hefyd.'

Rhoddodd Alffi ochenaid o ryddhad. Mae'n rhaid bod BB wedi cael gair â'r pennaeth. Aeth draw at weddill y criw ac esbonio'r sefyllfa iddyn nhw.

'Waw!' ebychodd Gwion. 'Mae BB mor cŵl!' Roedd e wastad yn synnu faint o gysylltiadau oedd gan BB.

'Beth sy'n digwydd nawr?' gofynnodd Alffi wrth weld y plismyn a'r swyddogion diogelwch yn brasgamu allan o'r cyntedd.

'Maen nhw wedi cael cyfarwyddiadau i wneud yn siŵr nad oes neb yn dod yn agos i'r adeilad,' atebodd Ffion. 'Felly mae holl blismyn yr ardal yn brysur yn ceisio cadw rheolaeth ar bawb. Mae'n debyg fod rhai pobl yn llawn panig ac wedi dechrau gwylltio. Mae sgwad bomiau'r heddlu ar y ffordd. Byddan nhw yma ymhen ychydig funudau.'

'Beth os byddan nhw'n rhy hwyr?' protestiodd Belinda. 'Ry'n ni'n gwastraffu amser fan hyn.'

'Mae'n rhaid i ni wneud rhywbeth ynghylch y bêl cyn gynted â phosib,' dywedodd Elen yn blwmp ac yn blaen.

Cerddodd braidd yn sigledig tuag at y grisiau. Roedd ei throed hi'n dal i fod ychydig yn dost ers y gwymp yn Llangrannog yr wythnos diwethaf. Dilynodd gweddill y criw yn dynn wrth ei sodlau.

Erbyn cyrraedd y llawr nesaf, roedd pawb yn benderfynol o gael gwared â'r bêl unwaith ac am byth. Roedd Matt yn dal i fod yno'n gwarchod ochr yr adeilad. Edrychodd y criw i weld ble roedd y bêl. Doedd dim posib cael gafael arni gan fod y cylch bach yn llawer rhy uchel.

'Sut ar wyneb y ddaear ydyn ni'n mynd i gael gafael ar y bêl?' gofynnodd Belinda, yn teimlo'n bur ddigalon. 'Bydd yn rhaid i ni fod yn ofalus iawn i beidio â'i symud hi'n rhy sydyn, rhag ofn.'

Yn sydyn, cofiodd Ffion am y nwyddau oedd ar werth ar y llawr gwaelod. Y prynhawn hwnnw, pan oedd pawb yn aros i'r gyngerdd ddechrau, roedd hi wedi bod yn astudio'r gynulleidfa'n cyrraedd y gig ar system CCTV y ganolfan. Ond, yn ogystal â gwylio wynebau cynhyrfus y dorf, roedd y camerâu yn y cyntedd wedi ffilmio'r rhan o'r ganolfan oedd yn gwerthu nwyddau. Roedd pob math o bethau yno i ddenu'r gynulleidfa – dillad, CDs a llyfrau'n cynnwys lluniau o'r grwpiau amrywiol oedd yn ymddangos yn y gyngerdd. Ond roedd stondinau yno hefyd, yn gwerthu teganau a nwyddau oedd yn apelio mwy at y plant ieuengaf. Yr eitem dynnodd sylw Ffion yn fwy nag unrhyw un arall oedd bwa a saeth bach plastig.

'Arhoswch am funud. Dw i wedi cael syniad.'

Rhedodd Ffion nerth ei thraed i lawr y grisiau ac anelu at y stondinau yn y cyntedd. O fewn hanner munud roedd hi wedi dod 'nôl â'r tegan yn ei llaw.

'Elen, defnyddia hwn,' meddai'n gyflym gan dynnu'r tegan o'r bag plastig a'i estyn iddi.

'Ffion, wyt ti'n gall, dwed?' Doedd Gwion ddim yn gallu credu'r hyn oedd e'n ei glywed. 'Pwy a ŵyr be sydd yn y bêl 'na, ac rwyt ti eisie saethu saeth ati?!'

'Roedd Elen yn wych am saethu yn Llangrannog on'd oedd hi? Dw i'n gwbod ei bod hi'n sefyllfa beryglus, ond pa ddewis arall sydd? Os gall Elen saethu'r bêl ag un o'r saethau plastig ysgafn 'ma, efallai y gallwn ni ei thynnu allan o'r cylch bach.'

'Ti'n iawn, Ffion,' cytunodd Belinda. 'Gallwn ni gael gwared â'r bêl tipyn yn gynt na gorfod aros am y sgwad bomiau!'

Nodiodd pawb yn gytûn, felly aeth Belinda ati

i glymu darn o gortyn i gefn un o'r saethau a phoerodd Alffi ar ei fys er mwyn gwlychu'r sugnydd ar ben arall y tegan.

Aeth Elen i sefyll wrth ochr Matt er mwyn cael gwell golwg ar y bêl. Anelodd y saeth yn ofalus a thynnu'r bwa'n ôl yn frysiog cyn rhyddhau'r saeth. Suddodd calon pawb wrth iddi fynd yn rhy isel. Casglodd Matt y cortyn a rhoddodd Elen gynnig arall arni. Ond y tro hwn aeth y saeth yn rhy uchel. Roedd Elen yn dechrau sylweddoli nad oedd defnyddio tegan rhad mor hawdd â defnyddio offer safonol y gwersyll.

Cymerodd Elen gipolwg sydyn ar ei ffrindiau. Roedd y tensiwn yn amlwg ar wynebau pawb. Tynnodd linyn y bwa yn ôl yn araf, a'i dwylo'n crynu. Tynnodd anadl ddofn a rhyddhau'r saeth am y trydydd tro. Hedfanodd y saeth mewn llinell berffaith tuag at y bêl a chydiodd y sugnydd ynddi. Tynnodd Matt y cortyn yn ofalus gan lusgo'r bêl yn araf tuag at agoriad y cylch.

'Pwy sy'n mynd i ddal y bêl?' holodd Belinda'n nerfus. Edrychodd pawb ar ei gilydd yn betrus.

'Fe af i i'w dal hi,' meddai Alffi'n hyderus heb oedi dim.

'Wyt ti'n siŵr, Alffi?' gofynnodd Ffion yn dawel.

'Ydw. Fi yw gôl-geidwad tîm pêl-droed yr ysgol, a dw i'n chwarae criced bob haf hefyd, felly fi yw'r un i ddal y bêl 'na.'

'Bydd yn ofalus iawn,' dywedodd Belinda.

'Ie, paid â gollwng hon fel gwnest ti yn y gêm yn erbyn Bryncelyn!' ychwanegodd Gwion, gan geisio ysgafnhau'r sefyllfa.

'Diolch, byt,' atebodd Alffi. Roedd hanner gwên ar ei wyneb, ond roedd chwys wedi dechrau ymddangos ar ei dalcen a'i ddwylo. Sychodd ei ddwylo yn ei drowsus a rhuthro i lawr y grisiau i'r llawr isod.

'Iawn, Matt!' gwaeddodd Alffi, ar ôl cyrraedd. 'Tynna'r cortyn . . . yn ofalus!'

Arafodd yr eiliadau nesaf fel petai rhywun wedi gwasgu'r botwm saib ar set deledu. Roedd llygaid pawb ar ddwylo crynedig Matt. Yn araf bach, tynnodd ar y cortyn yn ofalus iawn a rholiodd y bêl fesul centimetr yn agosach at yr ochr. Feiddiodd neb anadlu rhag ofn y byddai'r tamaid lleiaf o sŵn yn amharu ar ganolbwyntio Matt. Ond roedd hwnnw'n hoelio'i holl sylw ar y bêl.

Edrychodd Alffi tuag i fyny gan ddal ei ddwylo mewn siâp cwpan o'i flaen. Gallai weld ochr y bêl nawr. Eiliad arall a byddai'n disgyn. Eiliad yn unig. Dim ond eiliad. Nawr!

Syrthiodd y bêl dros ochr y dibyn gan saethu fel bwled tuag i lawr. Camodd y seren ifanc am yn ôl cyn plymio'n sydyn i'r chwith. Tarodd Alffi y llawr caled ag un ergyd drom a chau ei lygaid.

24

Y Diweddglo

'Dw i ddim yn gwybod beth yn union i'w ddweud . . .' meddai BB dros yr uchelseinydd.

Edrychodd pawb ar ei gilydd. Roedden nhw i gyd yn eistedd yn dawel yn ôl yn y swyddfa ym Mhontypridd, yn aros i weld a oedd BB am ddweud rhywbeth arall.

'Heblaw am ddewrder Alffi, byddai hi wedi bod ar ben ar Ganolfan y Mileniwm, a phawb oedd yno.'

'Roedd e'n wych, chware teg!' ebychodd Gwion.

'Ond heblaw am syniad grêt Ffion, saethu perffaith Elen, dwylo cadarn Matt a chefnogaeth pawb arall, fuaswn i ddim wedi cael y cyfle,' meddai Alffi'n ddiymhongar.

'Wrth gwrs, mae'r diolch i bawb,' pwysleisiodd BB. 'Ond fe wnest ti greu argraff fawr ar yr heddlu wrth i ti gario'r bom allan o'r ganolfan a'i thaflu i'r dŵr yn y doc. Roeddet ti'n ddewr iawn yn gwneud hynny.'

'Taswn i'n gwbod bod cymaint o gic yn y bom, faswn i ddim 'di mynd yn agos ato fe! Welsoch chi'r ffrwydrad anferth?' gofynnodd Alffi'n gyffrous.

'Do, Alffi,' meddai Belinda. 'Ro'dd hi'n anodd iawn *peidio* â gweld y ffrwydrad!'

'Dw i mor falch dy fod ti'n iawn, Alffi,' meddai Elen yn swil.

'Beth wyt ti 'di'i glywed am Edward Rich 'te, BB?' gofynnodd Belinda'n chwilfrydig. 'Doedd y papurau newydd ddim yn datgelu unrhyw wybodaeth newydd.'

'Mae'n debyg ei fod e'n rhan o grŵp bach o filwyr oedd wedi cael eu gyrru i ddelio â'r bomiau a'r ffrwydradau yn Irac. Roedd e'n delio â'r math hyn o beth bob dydd, felly roedd syniad go lew ganddo sut i adeiladu bom.'

'Ond dyw hynny ddim yn golygu bod pawb sy'n gweithio gyda bomiau yn gwneud rhai eu hunain,' rhesymodd Gwion.

'Nac ydy, diolch byth. Ond roedd Edward Rich yn gweithio'n gyfrinachol ar ben ei hun y tu ôl i linellau'r gelyn. Doedd e ddim yn gallu mynd i unman yn ystod oriau'r dydd gan ei bod hi'n rhy beryglus, felly roedd e'n gorfod cerdded i bobman yn y tywyllwch.'

'Cerdded yn y tywyllwch?!' meddai Elen.

'Ie. Mae'n debyg nad oedd e'n hoff iawn o wneud hynny, a thyfodd yr holl beth yn ddicter mawr ganddo tuag at gerdded a cherddwyr. Ond mae 'na fwy na hynny. Cafodd lond bol ar gerdded un tro a phenderfynu dwyn ceffyl o un o'r ffermydd cyfagos. Cafodd ei ddal, a'i anfon yn ôl i Brydain.'

'Sy'n esbonio pam nad yw e'n rhy hoff o geffylau!' dywedodd Ffion yn bendant. 'Ond pam benderfynodd e droseddu nawr, BB?'

'Ar ôl cael ei anfon yn ôl i'r wlad hon, dan rywfaint o gwmwl, ceisiodd fyw bywyd cyffredin unwaith eto. Ond roedd rhywbeth ar goll. Roedd e'n colli'r *buzz* gafodd e yn Irac ac, yn anffodus, dim ond trwy droseddu roedd modd iddo deimlo'r *buzz* hwnnw.'

'Ond pam ein targedu ni?' gofynnodd Alffi ar ran pawb.

'Mae 'na bobl yn y byd 'ma sy'n casáu gweld pobl eraill yn hapus. Maen nhw'n ceisio dod â thristwch i fywydau cymaint o bobl â phosib heb unrhyw reswm o gwbl. Dyna oedd y rheswm y tu ôl i'r digwyddiadau ar gopa'r Wyddfa ac yn

Llangrannog. Ond pan glywodd Edward Rich eich bod chi'n ei ddilyn, fe wylltiodd yn gaclwm. Roedd e'n genfigennus o'ch gyrfa, a'r ffaith eich bod chi'n cael *buzz* amlwg wrth berfformio ar lwyfan.'

'Beth am ddyfodol Sêr y Nos 'te, BB?' holodd Ffion.

'Eich penderfyniad chi yw hynny. Mae'n dibynnu os ydych chi'n mwynhau bod yn rhan o Sêr y Nos. Mae'r ymateb i'ch perfformiad neithiwr wedi bod yn syfrdanol. Mae darn gwych yn llawn clod a chanmoliaeth wedi bod yn un o'r papurau amdanoch chi – wedi'i ysgrifennu gan Dylan Ifans o Gaernarfon!'

Gwridodd Belinda'n swil.

'Wrth gwrs, dim ond nawr mae'r daith yn cychwyn. Y cwestiwn pwysig yw – ydych chi am gyrraedd y sêr?'

'Ein gwaith ni, BB, yn wahanol i bobl fel Edward Rich, yw ceisio dod â mwy o hapusrwydd i fywydau pobl yng Nghymru,' dywedodd Elen yn gadarn.

'Ma hi 'di bod yn bleser perfformio yn ystod y flwyddyn ddiwethaf!' ebychodd Gwion yn llawn brwdfrydedd.

'Dw i'n barod i weithio'n galed, BB,' meddai Belinda.

'A finne 'fyd,' cadarnhaodd Elen.

Edrychodd pawb yn ofidus ar Alffi. Doedd e ddim wedi dweud gair.

'Alffi?' gofynnodd BB yn dawel.

'Os gallwn ni ddod â mwy o ddaioni i'r wlad drwy ddal y bobl 'ma sy'n ceisio dinistrio popeth,' cyhoeddodd Alffi, 'yna rydw innau am fod yn rhan ohono!'

Bloeddiodd y criw 'Hwrê' dros y lle.

'Ffion.'

'Ie, BB?'

'Well i ti baratoi ar gyfer blwyddyn brysur arall.'

'Â phleser, BB. Yn enwedig os ca i help gan Matt,' meddai Ffion gan edrych yn swil ar ei sboner newydd.

'Wel, Matt?' gofynnodd y bòs.

'Wrth gwrs!' dywedodd Matt gan wenu fel giât.

'Gwych! Mae Sêr y Nos yn barod i ddisgleirio!'